RESILIENTES

Las historias de tres estilistas amorosas, trabajadoras e inquebrantables

RESILIENTES

Las historias de tres estilistas amorosas, trabajadoras e inquebrantables

Gabriela **Orozco Noble**
Norma Alicia Gallegos
Paulina **Ceccopieri**

Alejandro C. Aguirre Publishing/Editorial, Corp.
1 (917) 870-0233
www.alejandrocaguirre.com

RESILIENTES

Norma Alicia Gallegos-Gabriela Orozco-Noble-Paulina Ceccopieri

Número de Control de la Biblioteca del Congreso de EE. UU.:
ISBN: 9798817263305

Fecha de revisión: 05/04/2022

Para realizar pedidos de este libro, contacte con:
Alejandro C. Aguirre Publishing/Editorial, Corp.

Dentro de EE. UU. Al 917.870.0233
Desde México al 01.917.870.0233
Desde otro país al +1.917.870.0233
Ventas: www.alejandrocaguirre.com

ÍNDICE

VIAJANDO A TRAVÉS DEL TIEMPO EN ESTA SENSACIONAL CARRERA
Siempre buscando la belleza
La cosmetología y yo
Algunas consideraciones

MIS COMIENZOS EN EL ÁREA DE LA BELLEZA
Practicando, diseñando y creando manos hermosas
Conociendo a mi estrella favorita
Algunos datos relevantes

UNA MUJER EMPRENDEDORA
Comienza mi carrera como estilista en México
¿Tocando? No, ¡abriendo puertas!
Frases de cabecera, datos, reflexiones

DAR VIDA
Una tragedia entre pañales y biberones
¿Recomendaciones de seguridad? ¿Es en serio?¡Sí! ¡Muy en serio!
Sirenas, ambulancias y doctores

UNA PÉRDIDA, UNA PRINCESA
Todo en la vida pasa; pero primero te atropella
Bebita a bordo

De la mano con la terapia

OJOS VENDADOS
Frente a frente con el dolor
Me seguiste lastimando
Tu irresponsabilidad, detonó mi decisión

CUANDO MÁS OSCURA ES LA NOCHE MÁS
HERMOSO SERÁ EL AMANECER
Desesperación, miedo en aumento y terror
Al límite de la locura
Negocios y familia, ¿qué no se puede lograr? Si encuentras el
equilibrio adecuado y pones en orden tus prioridades, es
posible

AQUÍ COMIENZA MI VIDA
Demasiado pequeña para entender algo tan complejo
Depresión o tristeza normal
Busque apoyo y recuerde que todo tiene solución

MI MÁS GRANDE PRUEBA
Algo cambió para siempre dentro de mí
¿Insensible, incapaz de sentir dolor? ... no, mi mecanismo de
defensa
Tengo que prepararme y salir adelante por mí misma

MI INSPIRACIÓN
Mi ejemplo, mi orgullo, mi amoroso y sonriente ángel
Una pequeña aprendiz de mamá
Te querían de regreso

COMENZANDO A TRABAJAR DE LA MANO DE LA
TRAGEDIA
Responsabilidad
Amor
Solidaridad

MIS PRINCIPIOS Y COMO ESTUDIÉ BELLEZA
La aventura y la decepción
¿Cómo llegamos hasta acá?
La oreja voladora

REGRESANDO A LA CIUDAD DE MÉXICO
Despegar en mi carrera de estilista me costó un gran esfuerzo
Cerrando un ciclo triste en mi vida
Una excelente oportunidad de trabajo

ABRIENDO LOS OJOS EN ESTA BELLA CARRERA
Una época llena de aprendizajes
El peine salvador
Te amo y me siento muy orgullosa de ti

DULCES MEMORIAS
Mi niña
Mi amada Chente me habla en silencio
Surgió la magia

MI HEROÍNA
Siguiendo tus pasos y ejemplo
La responsabilidad por delante y antes que nada

Poseer un don y agregar: esfuerzo, sacrificio, preparación da como resultado: magia

CUMPLIENDO MI SUEÑO
Mi primera gran decisión
Por fin, amadas manos, ¡hagamos magia!
Que maravilla poder compartir lo que tanto amamos con alguien

NO ES FÁCIL PERO DIFÍCIL TAMPOCO
Tenemos que prepararnos para buscar mejores oportunidades
En pleno proceso de aprendizaje
¡Por fin me gradué!

ADIOS A MI ANHELO
¡Con Norma por favor!
Tomando el tren de un viaje llamado vida
Dejando lindas huellas

INOLVIDABLE
Cambiando columpios y jardín por silbatos
Entre trampitas, artesanías, maletas, comida y carreras
Siempre rodeada de ángeles

SOY MAGIA
¿Cambiando de giro o confirmando lo que me encanta hacer?
De pronto inmersa en el silencio
De las lecciones de mi vida, quizá la más dolorosa

PRÓLOGO

Llega el golpe, el dolor, la confusión, la desesperación, como un mar embravecido que nos ahoga y nos roba el aire. Cuesta pensar, moverse, respirar. Luego algo pasa, se enciende esa llama profunda que estaba dormida en nuestro yo interno y una fuerza que no se conocía nos invade poco a poco, día a día, y momento a momento, vamos cobrando fuerza. Se crece en el dolor y poco a poco nos vamos haciendo más grandes.

La vida se pausa, el cerebro lo sabe, pero nuestro corazón no, porque dentro de él, está nuestra esencia amorosa y es en esa cualidad desde donde se entrelazan las vidas de Paulina Ceccopieri, Norma Alicia Gallegos y Gabriela Orozco Noble, nuestras coautoras. Tres mujeres, mexicanas, hoy amigas gracias a un toque de magia del universo.

Ellas aprendieron que no hay marcha atrás y que la esencia de la vida es ir siempre hacia adelante, hacia el futuro.

Estas tres escritoras, sobreponiéndose a todo, nos abren su corazón con una sonrisa genuina y la inmensa satisfacción de saber, por experiencia propia, que vale la pena atravesar el camino que nos lleve a donde nos proponemos para encontrar la tranquilidad, la felicidad y el amor.

Entre estas páginas, usted conocerá la historia de sus vidas, de su esfuerzo y de sus logros en el mundo del estilismo.

Paulina, Norma y Gabriela, nuestras coautoras se encuentran triunfando en un país diferente a su tierra natal y esa particularidad es causa de admiración, porque han sabido buscar y aprovechar cada una de las oportunidades donde convergen también como mujeres emprendedoras y exitosas.

Resilientes es un poderoso testimonio de que después de atravesar momentos muy difíciles y dolorosos podemos sonreír de nuevo y abrazar una versión renovada de nosotros mismos, mirando al mundo con una perspectiva más sabia y amorosa de este maravilloso viaje al que llamamos vida.

Editora General

INTRODUCCIÓN

«No dejes pasar ni un solo día sin que tenga impacto en el mundo que te rodea. Lo que haces marca la diferencia, y tienes que decidir qué tipo de diferencia es la que quieres hacer».

—Jane Goodall

Frustración, decepción, angustia…

Sentimientos que nos estremecen y en ocasiones pareciera que son capaces de acabar con nosotros y que al ver los rostros hermosos de ojos alegres y bellas sonrisas de Norma, Paulina y Gabriela, nuestras autoras, pareciera que ninguna de ellas ha tenido ningún problema y no solo los han vivido y padecido, sino que las han hecho tocar fondo y las han puesto al límite del sufrimiento.

Estas tres amigas a quienes Dios hermana a través del amoroso corazón de cada una de ellas, atravesaron con dolor un largo camino que finalmente las llevó hasta donde se habían propuesto llegar: a encontrarse con el éxito y la plenitud.

Resilientes, es la historia de sus vidas, contada con sencillez y sinceridad, en donde comparten con nosotros sus logros y que es digna de respeto y de admiración.

Entre estas páginas, recordamos que conservando nuestra esencia y siendo perseverantes y amorosos, podemos lograrlo todo, pues ese amor con que fuimos creados, como hijos del Todopoderoso es la semilla que nos alimenta y nos da fortaleza.

Estas brillantes escritoras quieren hermanarse ahora con cada lector para decirle a través de estas hermosas líneas, que si no desistimos y no perdemos la fe, hay un sitio soñado, soleado y anhelado al que lograremos llegar, ese donde ellas tres habitan ahora, del lado de la paz, de la tranquilidad, de la libertad y de la prosperidad.

Donde cada una resplandece convertida en una estrella y donde siempre hay espacio para que brille alguien más.

Como mujeres, tenemos que sentirnos orgullosas de nuestros logros en un mundo que hasta nuestros días sigue siendo predominantemente masculino.

Reconozcamos la enorme fortaleza que está dentro de nosotras, porque a la par de ser mujeres, hijas, hermanas, tías, madres o abuelas; a veces por elección y otras por necesidad, tenemos que trabajar fuera de casa por una remuneración económica que apoye a nuestra familia o inclusive ser el único sostén de esta.

En ocasiones, nos rodean situaciones no deseadas o mucho menos planeadas, tales como: enfermedades, separaciones o divorcios y tenemos que elegir si, por ejemplo, seguimos estudiando o tenemos que buscar trabajo de lo que sea, porque nuestra aportación se necesita con urgencia o tenemos que ocupar el lugar como amas de casa dentro del hogar, cocinando, lavando o atendiendo al resto de la familia, aunque seamos niñas aún.

Los espacios y logros que tenemos actualmente, a nuestras antecesoras les costó inclusive la vida y gracias a esa lucha y esfuerzo estamos presentes hoy.

Ellas como nosotras o ustedes, seguramente atravesaron muchas veces por situaciones y eventos difíciles, angustiantes, traumáticos y continuaron a pesar de estos, tal como lo hemos hecho nosotras. Saliendo victoriosas y transformadas para ser el parteaguas inclusive de grandes e increíbles cambios a nuestro alrededor.

ALGO DE HISTORIA DE UNA LUCHA DERRIBANDO BARRERAS

¿Qué significa emancipación?

Se refiere a toda aquella acción que le permite a una persona, o a un grupo de personas, tener acceso a un estado de autonomía, que es, en pocas palabras, la facultad de un individuo o entidad, de poder actuar según su propio criterio con independencia de la opinión o el deseo de otros, por cese de la sujeción, o sea, que puede separarse de alguna autoridad, poder o potestad, por ejemplo: la liberación femenina, o la soberanía de las colonias al momento de acceder a su independencia.

EMANCIPACIÓN FEMENINA

A las mujeres que nos precedieron en tiempo y lugar, les correspondían las labores del hogar, el cuidado de los hijos, de los enfermos y la asistencia a los partos. Algunas apoyaban en las labores agrícolas de siembra y recolección, el cuidado de los rebaños, y todo ello con salarios muy inferiores a los de los hombres, si es que recibían algún pago.

En la antigüedad, se consideraba que la mujer era, a lo largo de toda su vida, propiedad de un hombre, que podía ser su padre, desde su nacimiento y después el marido, cuando el mismo padre entregaba la mano de ésta en matrimonio; logrando que las mujeres dependieran totalmente de los varones para poder sobrevivir.

7 cosas que las mujeres no podían hacer hace apenas 100 años atrás:

Vestirse con libertad
Administrar sus propios bienes en el matrimonio
Ejercer el derecho a la planificación familiar
Abortar con amparo legal
Divorciarse

Participar en las fuerzas armadas
Votar

La liberación femenina, nos habla del proceso histórico mediante el cual las mujeres de algunos países de Occidente han reivindicado su rol social y logrado ciertas conquistas, como la igualdad legal, política y profesional. Este proceso histórico o movimiento social de la edad contemporánea data desde finales del siglo XVIII, cuando durante la revolución francesa, se empezaron a reivindicar los derechos de la mujer o la igualdad de derechos entre los sexos.

A lo largo de la historia, en todas las civilizaciones, el mito del matriarcado no reflejaba una realidad histórica de predominio de las mujeres, sino una realidad antropológica muy diferente.

Durante la revolución francesa de 1789, dio inicio la lucha lamentablemente infructuosa, de los derechos políticos de la mujer. Los protagonistas de esta revolución, denunciaron que la libertad, igualdad y fraternidad solo se referían a los hombres y no a las mujeres. Una de las voces de protesta más enérgicas fue la voz de Olympe de Gouges, autora de la Declaración de los Derechos de la Mujer y de la Ciudadana, en 1791, dos años después de la Declaración de los Derechos del Hombre y del Ciudadano. El documento escrito por de Gouges, reclamaba para las mujeres los mismos derechos políticos que disfrutaban los hombres como por ejemplo: el sufragio entre ellos. Si ellas podían subir al cadalso, también debían poder ocupar cargos públicos. Tristemente, este documento no tuvo éxito. Y en medio de esta sangrienta revolución, de Gouges fue decapitada en una guillotina.

Pocos años después, Napoleón, en su código legislativo, sometería a la mujer a una autoridad masculina aún más estricta.

A través de la historia, las mujeres han desarrollado las dinámicas sociales que han cuestionado las limitaciones de las normas de género establecidas. Algunos procesos de emancipación femenina han sido propuestos en términos de cuestionar el discurso de género y las representaciones culturales hegemónicas, de superioridad o preponderancia masculina; todo esto para elaborar otro sistema de representaciones que les concedería mayores espacios de libertad. Los procesos de resistencia de las mujeres europeas y su conquista de espacios de autonomía, han implicado la renegociación del acuerdo de género implícito en los discursos y las representaciones culturales de la naturaleza femenina. También han implicado una reafirmación de la identidad asignada a la mujer, construida a partir de una definición de la feminidad en términos exclusivos de reproducción, maternidad obligada y dedicación a los cuidados de los demás.

Los procesos de emancipación femenina tienen una larga trayectoria de defensa desde el principio de la igualdad entre hombres y mujeres. La supuesta «igualdad» entre ambos géneros fue la base más importante en la demanda de los derechos de las mujeres a lo largo de los siglos XIX y XX.

En los estudios de Mary Nash en su artículo *Las mujeres en el mundo contemporáneo* en el siglo XIX y en las primeras décadas del siglo XX, la situación de la mujer quedó limitada por una serie de restricciones e impedimentos que reducían todos sus horizontes: culturales, políticos, laborales, sociales y personales. Caracterizándose su condición social por la desigualdad política y educacional, la subordinación basada en la discriminación legal, la segregación ocupacional y la abierta discriminación en el ámbito laboral (que aún continúa).

La trayectoria de las mujeres quedó condicionada por un sistema de género que tenía como objetivo el fortalecimiento del predominio masculino, la división sexual del trabajo y la restricción de las actividades femeninas en el ámbito doméstico. Los mecanismos de control social formal mediante las leyes y los de signo informal mediante códigos culturales formularon pautas sociales que marcaban una situación de poder masculino y subalternidad femenina.

LA LUCHA FEMENIL ACTUAL

Ser mujer en el Siglo XXI implica una responsabilidad con nosotras mismas, con nuestro cuidado y por la lucha constante por la igualdad de géneros, responsabilidad que debería ser asumida por cada mujer de este siglo que ha sido testigo de la marginación, discriminación, abuso y violencia a la que la mujer ha sido y desgraciadamente, sigue siendo sometida.

Estamos ya en el siglo XXI y la carga desproporcionada del trabajo doméstico y no remunerado recae principalmente en mujeres y niñas y de la mano va el cuidado de los hijos y las personas mayores de la familia, la violencia laboral, el matrimonio infantil, el acoso y hostigamiento sexual, los estereotipos de género, las leyes, prácticas, usos y costumbres discriminatorios contra ellas, sin olvidar la brecha salarial, ya que aún en la actualidad la mujer no gana lo mismo que los hombres, antes de la pandemia ésta se ubicaba en un 15%.

El feminismo del siglo XXI no debe ser excluyente con el otro sexo, debe ser inclusivo y fomentar la unión con los hombres para hacer una causa común por la igualdad de condiciones de vida y derechos, así como de oportunidades.

El gusto y la necesidad que han tenido las mujeres en general por desarrollar y conquistar su independencia económica y su creatividad en una profesión, desgraciadamente sigue valorada y considerada inferior a la del hombre a pesar de que como jefas de familia, por ejemplo, tienen un trabajo de 24 por 24 durante los 365 días del año sin derecho a enfermarse ni a vacaciones y con muy poco apoyo por parte del otro género.

Y a pesar de todo lo anterior, chicas extraordinarias como Paulina, Norma y Gabriela, lograron encontrar los recursos, las herramientas y la manera de alcanzar la codiciada meta del éxito profesional y personal.

Aquí y ahora las tres comparten su historia con el mundo, para alentarnos a dar esa milla extra, que nos lleve a donde siempre hemos soñado estar, a ese lugar misterioso e inexpugnable localizado en el centro de nosotros mismos donde se encuentran la alegría, el entusiasmo y la verdadera, plena y total felicidad.

PAULINA CECCOPIERI

«Define el éxito en tus propios términos, alcánzalo en tus propios términos y vive una vida que te haga sentir orgullosa».
—Anne Sweeney

CAP. 1

VIAJANDO A TRAVÉS DEL TIEMPO EN ESTA SENSACIONAL CARRERA

Siempre buscando la belleza

Desde el hombre de Neandertal, la noción del significado de la belleza ha estado presente acompañándonos a través de la historia y es tan distinto o subjetivo como los ojos que la observan, la cultura, el tiempo o país en el que estemos.

Los hombres de las cavernas, se coloreaban la piel con pigmentos minerales, se ponían plumas en la cabeza o se colgaban collares probablemente para imitar la belleza de los animales que les rodeaban.

Los egipcios fueron quienes tuvieron verdadera noción de buscar la perfección estética mediante un conjunto de combinaciones de flores, aceites, minerales, etc. Por ejemplo, tanto los hombres como las mujeres empezaron delineándose los ojos con un tono negro denso que servía para resanar algunas imperfecciones y protegerse del brillo solar.

El concepto de lo bello en todo el mundo ha evolucionado en los últimos 100 años y en países como México, los labios rojizos, por ejemplo, son una singularidad que ha prevalecido acompañando a prácticamente todas las propuestas del ideal de belleza de la mujer mexicana.

Al ser la nación azteca, un país fronterizo con Estados Unidos al norte y con Guatemala y el resto de Centro América al sur, dicha situación geográfica, le ha permitido una mezcla de costumbres y tradiciones tanto anglosajonas, como nativas, que se han reflejado en el modo en el que ha evolucionado su concepto de belleza, aunque siempre con un estilo propio y muy característico.

Las modas imperantes en Estados Unidos y muchas partes del mundo, como los recogidos de los años 20', 30', 40' y 50', los moños y cabellos cardados (ligeramente desordenados) de los 60', 70' y 80', las características coletas y las ondas grandes con volumen o el maquillaje para ojos de los 90'.

La belleza se define como la característica de una cosa o persona que, a través de los sentidos, procura o provoca una sensación de placer o un sentimiento de satisfacción. La rama de la filosofía que tiene por objeto el estudio de la esencia y la percepción de la belleza es la estética.

El estilismo es la profesión que abarca el conocimiento de las tendencias para mejorar la imagen de una persona, pero han de saber, que algunos peluqueros y maquillistas también pueden considerarse estilistas, aunque como dato especial, el estilista es el que trabaja con la ropa o vestuario.

Como dato adicional y para que se puedan dar cuenta de los variados campos que abarca esta carrera, los aretes más antiguos tienen más de seis mil años de antigüedad y vienen precisamente de Egipto, sus habitantes fueron los pioneros en usar estas prendas y lo hacían para manifestar un alto estrato social.

Hoy también se llevan por moda y son un elemento estético y nosotras como estilistas, tenemos que estar atentas al más mínimo detalle para hacer resaltar la belleza de nuestros clientes hasta con un detalle que podría parecer pequeño, pero en realidad no es así; debido a esto tenemos que estar en capacitación y actualización constante.

Habitualmente, vemos como principales clientes de los estilistas a modelos y artistas tanto hombres como mujeres. También, podremos decir que para estudiar la carrera universitaria de imagen personal, que abarca: peluquería, estética y maquillaje, al ser una profesión muy extensa y en constante cambio, hay que estar al día y preparase incansablemente y ahondar en las distintas ramas de la moda como son: la peluquería, maquillaje, la industria del textil, la cosmetología, barbería, etc.

La cosmetología y yo

«Cada persona nace con un gran propósito en la vida. Las cosas que no imaginamos y aquellas para las que ni siquiera sabíamos que estábamos preparados, llegan a nuestras vidas todo el tiempo».

—Gina Devee

La cosmetología se dedica a estudiar los productos y tratamientos que generan beneficios en cuanto a salud, belleza y apariencia física de la piel del rostro, cabello y cuerpo. Por ende, esta profesión está muy relacionada con el maquillaje, estilismo y dermatología.

Un cosmetólogo es un especialista en estética o belleza que educa a los clientes en el tratamiento de las uñas, la piel y el cuero cabelludo, entre otros. Así, puede darle atención a un cliente de manera integral y darle consejos referentes a su apariencia física.

Para permanecer en la cima por mucho tiempo, lo más importante es nutrirse por completo sin descuidar ningún aspecto personal por mucha que sea nuestra prisa por alcanzar el éxito.

Esta ciencia era lo último que quería en mi vida y la sorprendida... fui yo.

De lo que empezaré a compartir con todos ustedes, lo más importante que me encantaría transmitirles es que:

—Todo se puede lograr, pero se necesita disciplina, trabajo constante, capacitación, estudio, esfuerzo y confianza.

—No se sientan solos.

—Jamás piensen que no pueden.

Nunca imaginé y me atrevo a decir que tampoco mi familia llegó a creer, que podría convertirme en lo que soy hoy: una apasionada, entregada y exitosa mujer dedicada a la belleza y a la educación.

Acompáñenme a descubrir cómo fue que yo misma reconocí este talento que parecía estaba escondido.

Tenía aproximadamente 16 años de edad y estaba alrededor de segundo o tercer semestre de la preparatoria, cuando mi mamá insistía en que me inscribiera en algún curso técnico. Ella me decía que estudiara enfermería, a lo que yo le respondía: —mamá a mí no me gusta la sangre, me pone muy nerviosa—. Entonces mami proponía: —estudia cocina, postres, costura, belleza—. A lo que yo siempre contestaba: —mamá a mí no me gusta nada de eso—.

Unos años atrás entre los 12 y los 16 años quería ser modelo, bailarina, conductora, cantante o algo así, supongo que como toda adolescente soñadora.

En aquel tiempo, mi mamita asistía a un centro recreativo donde daban diferentes clases y oficios, entre ellos belleza y un buen día llegó y me comentó: —ya inscribí a tu hermana Cecy y a ti a clases de belleza, me hice amiga de la maestra y les va a enseñar muy bien—. Yo hice mi cara de enojo y reclamé que, ¡no quería estudiar eso! Mi hermana me convenció y asistimos a nuestra primera clase, en donde nos dieron una lista de material para comenzar nuestras prácticas, la cual mi mamá nos compró enseguida. Recuerdo con exactitud las tijeras más económicas de la distribuidora con un empaque rojo, también vienen a mi mente los famosos bigudies para hacer los permanentes; peines, toallas, y un montón de cosas para comenzar. Solo asistimos a una clase y renunciamos a esa carrera que para nada nos gustaba.

No asistí otra vez a esas clases. Le dijimos a mi mamita que no queríamos regresar y el material comprado se quedó arrumbado en un cajón.

Pasaron los meses y mi hermana Cecy comenzó a ponerse uñas acrílicas. En ese tiempo (2002) tomó mucha fuerza esa moda y ese tipo de uñas. Era muy emocionante acompañarla y ver el proceso.

En cierta ocasión me regaló mi primera puesta de uñas y yo me sentía la más feliz del mundo luciendo unas manos de princesa y pareciéndome a mi hermana (mi gran ejemplo). Solo fue una vez, porque este tipo de uñas requieren mantenimiento y era costoso. Para lograr tenerlas localicé una escuela de uñas que necesitaba modelos y donde las aplicaban gratis, así que no dudaba en asistir de modelo cada vez que me lo pedían, aunque demorara el cuádruple de horas de lo que podría durar el proceso hecho por una experta, esto era porque ellas eran estudiantes y estaban practicando.

Después de estar yendo a esa escuela, comencé a ver cómo enseñaba la maestra, su interés por las alumnas y, sobre todo, el entusiasmo con el que las chicas aprendían este arte. Fue entonces que despertó en mí ese interés, ya estaba cursando el último año de la preparatoria y el color en uñas y extensiones comenzaban a tener tendencia e impactar el mercado.

Fue en ese momento que decidí estudiar técnica en uñas.

Cuando comencé aplicando mis primeros sets de uñas acrílicas fue un gran reto para mí, pues yo no era para nada una persona creativa. De hecho, hasta la fecha, sigo sin considerarme altamente creativa y mucho menos paciente.

Cuando era niña y aun en mi adolescencia todo tiraba, todo quebraba o se caía de mis manos, la verdad era muy torpe con ellas, es por eso que mi mamá y mi hermana no creían que yo pudiera hacer algo como estudiar el arte de las uñas.

Sin embargo, es aquí, en esta etapa de mi vida donde descubrí que puedo crear arte y ser paciente con mis manos.

Algunas consideraciones

Tengo muy claro que la vida está siempre en constantes cambios de todo tipo que no esperábamos, que nos toman por sorpresa y actualmente todo pareciera estar pasando demasiado rápido y por ende escapa a nuestra comprensión y no hablo solo de lugares, también de pensamientos, educación y aprendizaje.

Debemos avanzar sin descuidar los valores y principios que son fundamentales para los seres humanos y seguir siendo ante todo siempre, agradecidos y humildes de corazón pues así es como podemos percibir las bendiciones, puertas y ventanas que Dios pone en nuestro camino para todos y cada uno de nosotros, sus hijos; es solo que cuando estamos lastimados, cuando atravesamos por momentos de enojo, furia, tristeza o desesperación pareciera que Dios nos ha abandonado, pero yo les aseguro que Él nunca nos abandona.

CAP. 2

MIS COMIENZOS EN EL ÁREA DE LA BELLEZA

«Si eres exitoso, es porque alguien alguna vez, en algún lugar te dio una idea que te llevó al camino correcto. Recuerda que estás en deuda con la vida hasta que ayudes a una persona menos afortunada, de la misma manera que te ayudaron a ti».
—Melinda Gates

Practicando, diseñando y creando manos hermosas
Después de estudiar y terminar mis prácticas, me gradué finalmente como técnica en uñas en el 2003 y descubrí que me gusta y puedo llegar a hacer bien un set de uñas. Sin saber que aún me faltaba mucho por practicar, pero sobre todo por aprender, ya que esta carrera está evolucionando día con día y en constantes cambios.

Seguí preparándome, practicando y tomando cursos avanzados en otras academias de renombre.

Y en mi último semestre después de terminar la carrera de Técnico Manicurista (uñas), comencé a trabajar como recepcionista por las tardes después de la preparatoria en un hospital en el que practiqué mucho pues les aplicaba uñas a todas las compañeras y llegué a ponerle también sus uñas postizas a algunas doctoras y enfermeras.

A finales del 2003 me gradué de la preparatoria Chihuahua en Ciudad Juárez.

Llegó el 2004 y cumplí 18 años sin imaginar lo que el destino me tenía preparado. Presenté examen de admisión en dos universidades para estudiar dos carreras distintas.

Comencé la universidad en la carrera de Mercadotecnia, que hasta la fecha me sigue apasionando, pero solo terminé un semestre ya que me aceptaron en la universidad que realmente quería en la carrera de Turismo por la que también tenía inclinación, pues era algo que corría por mis venas desde muy joven.

Por otro lado, también a principios del 2004, mi vida cambió muy rápido, ¡tan solo en un par de meses!, pues conocí a un chico joven y apuesto; comenzamos una relación a mis 19 años y a finales de 2004 nos casamos. Me casé muy enamorada, ilusionada y muy feliz.

Todo fue perfecto desde el comienzo, a las pocas semanas conocí a su familia y descubrí que tenían la misma pasión que yo pues tanto su hermana como su mamá son cosmetólogas dedicadas al área del cabello y tenían su salón en El Paso Texas. Comenzamos una muy bonita y hermosa relación, pero a mí seguía sin gustarme el cabello y solo me dediqué a las uñas.

Comencé a trabajar algunos días en su salón como su asistente y conociendo el área administrativa del negocio.

Fue entonces que decidí ya no seguir en la universidad estudiando Turismo y meterme de lleno en la carrera de Belleza, así que investigué cual era la mejor escuela en Ciudad Juárez y me inscribí en Pivot Point, una prestigiosa escuela a nivel mundial. Ahí conocí a mi maestra María Elena Ambris y mi Director el señor Roberto Pérez Zerep. Me encanta mencionarlos porque fueron una inspiración para mí. Aún en la actualidad, los sigo viendo y sentimos mutua admiración.

Todo el 2005 lo dediqué a estudiar y seguía trabajando en el hospital, pero antes de terminar mi carrera logré lo que para muchos en ese momento les parecía increíble: trabajar en uno de los mejores salones en Ciudad Juárez llamado Marrakech. Desempeñaba mi labor solo en uñas que era donde tenía más experiencia ya que aún no terminaba la carrera, sin embargo me dieron la oportunidad de incursionar en el área del cabello.

En octubre del 2005 casi al terminar mis estudios, tuve la oportunidad de ir por primera vez a la expo más grande en Latinoamérica, la Expo Beauty show EBS en la ciudad de México. Fue una práctica fantástica rodearme de personas que tenían muchos años de experiencia y que me contaran sus logros y compartieran un poco de su conocimiento, fue algo extraordinario.

Darme cuenta desde la perspectiva a nivel profesional de que el mundo de la manicura es inmenso me llenó de entusiasmo.

Esmaltes, colores de todas las tonalidades, materiales novedosos.

Manicura con baño de parafina para además, lograr la magia de poder suavizar las manos y convertirlas en manos elegantes de princesa y por supuesto dominar el arte de la manicura clásica y la francesa.

Conocer los secretos para hacer todo esto y darme cuenta de que aquella Paulina que era tan torpe desde niña con sus manos, había dejado de serlo, me llenó de orgullo y satisfacción.

Recuerdo a una estrella muy querida en México, Verónica Castro o mejor dicho, sus hermosas manos que tanto me decían al verla en su programa entrevistando a todos esos personajes internacionales y nacionales.

Me hubiera encantado conocer en ese viaje a su querida Tenchis como cariñosamente le decía a la encargada de mantener sus uñas sensacionales.

O también al popular estilista de las estrellas, Alfredo Palacios, que se encargaba de que la Vero, como le decimos hasta hoy a ella, brillara al máximo con esos peinados que iban de lo sencillo a lo espectacular. Siempre con lo último en tendencia o que ella misma imponía moda porque él se encargó de eso, pues era su estilista personal y alguien muy querido, pues ella misma lo decía con cariño, alegría y simpatía.

Tener cada vez más conciencia de que, gracias a todo esto, hoy soy capaz de lograr que brillen como aquellas estrellas, mis clientas, me hizo sentir ilusionada y muy feliz.

Pasé ahí 4 días de mucho aprendizaje y crecimiento profesional, tomé varias clases privadas y regresé con mucho entusiasmo.

¡Ah, pero eso no fue lo mejor en ese viaje!, yo era entonces una chica de 20 años, llena de vida y sueños de que algún día, iba a ser cantante, modelo o conductora. Así que anhelaba conocer Televisa, la televisora más grande de México y se podría decir de Latinoamérica. Yo quería ir a un programa llamado Otro Rollo, así que cuando llegué a la ciudad de México, llamé para ver cómo podía conseguir entrar, pero esa semana el programa se trasmitiría desde otra ciudad. Mi entusiasmo se fue al piso, pero entonces me dijo la persona en el teléfono que tenía entradas para otro programa llamado Vida TV y rápidamente respondí: —¡Sí claro!—.

Me dieron instrucciones de llegada que cumplí al pie de la letra.

Mi experiencia a partir de ahí fue la mejor. Llegué a la puerta y me presenté con el guardia diciendo: —vengo al programa de Vida TV—. Me preguntó si iba a hacer algún casting o si iba a salir en el programa lo que me causó un poco de gracia y le contesté que no, que solo iba a ver el programa. Me dijo entonces: —ah muy bien fórmese, es esa larga fila que está a un costado—. Terminó diciéndome: —ya casi comenzamos espera aquí un momento, yo te puedo meter más rápido—. Mi cara se llenó de felicidad, esperé unos minutos y de inmediato nos pasaron a un cuarto grande con bancas, nos explicaron cómo sería toda la dinámica de entrada y salida de Televisa, que no podíamos tomar fotos ni pasar con bolsas. Mientras esperaba, se me acercó el mismo guardia y me preguntó: —¿que más te gustaría conocer?—, de inmediato mi cara se iluminó y le contesté, —¡todo, quiero ver todo y a todos los artistas!— Su respuesta fue algo increíble, me dijo: —ok yo te voy a llevar a dar un tour por todo el edificio—. ¡Guau no lo podía creer!, yo tenía una cámara pequeña que cabía en mi bolsillo, así que no dudé en meterla conmigo y no dejarla en el locker donde nos habían pedido guardar nuestras cosas.

Conociendo a mi estrella favorita

Y así fue como di un recorrido por todos los foros de Televisa. Pude ver las grabaciones de mi novela predilecta y a cantantes que estaban en la cima del éxito en ese momento en Latinoamérica como el grupo RBD, los vi de cerca y no lo podía creer. Me tomaba fotos con cada artista que veía pasar, pero lo que más quedó grabado en mi mente fueron las palabras de la artista que más admiraba, Anahí de RBD, la mujer más hermosa que he visto en mi vida, me dijo: —¡Oye que padre traes tu cabello, te ves muy bien!—. Fue algo excepcional y ahí me dije: —siempre tengo que estar con mi cabello así de especial—.

Durante el recorrido, pasamos también por el set de maquillaje y peinado. Lleno de luces, grandes portafolios y con lo último en tendencia. Pude ver a lo lejos esas manos transformando a todos esos artistas y no pude evitar ver amorosamente las mías y pensé: —algún día también podré usarlas para crear magia—.

Terminé ese viaje de la mejor manera y con la mayor experiencia que pude tener.

¿Y saben por qué? Porque no tuve miedo, de hacer una llamada para que me dejaran entrar, tampoco de ir sola en un taxi en una de las ciudades más peligrosas y yo con tan solo 20 años, no le tuve miedo al fracaso y mucho menos al éxito.

Les invito a que no le teman a nada, a que sigan sus ideales y sus sueños.

A finales del 2005 terminé la carrera de Belleza y en enero del 2006 fue mi graduación, mi familia y amigos estuvieron presentes apoyándome.

Algunos datos relevantes

Según estadísticas del INEGI (Instituto Nacional de Estadística y Geografía) y a propósito del día del peluquero (25 de agosto) en México, la población ocupada como peluquero, estilista o en una ocupación similar, asciende a poco más de 316 mil personas.

Es un oficio predominantemente femenino, pues 85 de cada 100 son mujeres.

Estos trabajadores representan 0.6% del total de ocupados.

Siete entidades (Ciudad de México, Estado de México, Guanajuato, Jalisco, Michoacán de Ocampo, Puebla y Veracruz de Ignacio de la Llave), concentran la mitad de esta fuerza laboral en el país.

Su edad promedio es de 35.9 años.

Cuentan con 10.2 años de escolaridad en promedio (equivalente al primer año aprobado de preparatoria, bachillerato o de carrera técnica con antecedente de secundaria).

Ganan en promedio 32.8 pesos por hora.

CAP. 3

UNA MUJER EMPRENDEDORA

«Nuestro temor más profundo no es que seamos inadecuados. Nuestro temor más profundo es que somos poderosos más allá de toda medida. Es nuestra luz, no nuestra oscuridad lo que más nos asusta».
—Marianne Williamson

Comienza mi carrera como estilista en México

Algunos de nuestros miedos, aparte del fracaso, son en realidad no saber manejar las responsabilidades, así como el impacto del éxito.

Ya con mi Diploma de estilista profesional en el 2006 seguí trabajando en Marrakech de tiempo completo y dejé el hospital.

También en mis descansos o fines de semana continué con mi cuñada en su salón en El Paso Texas, asistiendo y aprendiendo lo mejor de ella que es una de las mujeres y cosmetólogas que más admiro en este mundo de la belleza. Es excepcional lo que hace con el cabello de las personas y yo me siento muy bendecida de recibir sus enseñanzas y apoyo.

En Marrakech me capacitaron con otra persona que también fue y sigue siendo importante y quiero mencionar, Mayra López, la mejor en depilación y diseño de cejas. Ella era mi compañera y no dudó ni un segundo, aún sin conocerme, en aportar todo su conocimiento a mi vida, eso nunca lo voy a olvidar y estaré eternamente agradecida con ella.

Gracias Mayra López, tu negocio: Luka sala clínica de Belleza, es tu recompensa a la inmensa dedicación que tienes por lo que haces.

Terminando mi capacitación comencé a practicar y de inmediato sentí amor por el diseño y depilación de cejas. Estuve trabajando unos meses más en Marrakech, hasta que me ofrecieron un trabajo en el centro comercial más importante en Ciudad Juárez, pero eso no era lo importante, lo mejor de todo, era que podía hacer lo que más me gustaba: diseñar y poner uñas en Chic Nails. Estuve ahí parte del 2006 y tomé bastante experiencia en uñas, pedicura y depilación.

Teníamos mucho trabajo y el ambiente era muy agradable, ahí conocí a dos grandes colegas que admiro y con quienes sigo teniendo una linda amistad: Patricia Centeno y Ayelet Ojeda.

¿Tocando? No, ¡abriendo puertas!

Este capítulo lo quiero terminar diciéndole que no todo en la vida es fácil, me he buscado cada una de las puertas que me han llevado a la cima y he logrado abrirlas, aquí le platicaré un poco de todas las oportunidades que he tenido y lo inteligente que he sido para no desaprovecharlas y sobre todo regresarles un poco a esas personas que confiaron en mí.

Aquí le dejo unos ejemplos para que analice que cada oportunidad que tuve, yo fui y la busqué.

Quisiera que recuerde esto siempre:

Todos nuestros sueños, podemos hacerlos realidad con fe, esfuerzo, disciplina, constancia y preparación.

Logré trabajar en Marrakech porque tomé el periódico, busqué trabajo a pesar de todo el miedo que sentía porque no tenía experiencia y el anuncio decía: mínimo 2 años teniéndola. Aun así, fui, sin haber terminado la escuela, las piernas me temblaban, las manos me sudaban y lo conseguí en contra de todos los pronósticos.

Ya estando dentro, el ambiente era pesado entre los estilistas, pero con mucha inteligencia, humildad y valor vencí esos obstáculos que me ponían y terminé haciendo grandes compañeros.

La capacitación que inicié en diseño de cejas, no solo me la ofrecieron a mí, sino a otras dos chicas más, y saben que, solo yo me quité todas las barreras mentales y fui por ese triunfo, hoy gracias a eso puedo decir que también soy diseñadora de cejas y depilación.

Yo pasaba muy seguido por el centro comercial Las Misiones. Era un lugar bonito y elegante y pensaba, que padre trabajar aquí, pero que difícil debe de ser que te acepten.

Un día me pregunté a mí misma: —¿y si entro y pregunto?, nada pierdo—. Y venciendo una vez más mi miedo entré y le pregunté a Ayelet qué si necesitaba a alguien más, me dijo no. —Pero si quieres enséñame lo que haces y vemos si cubres algunos descansos—. Al final, conseguí el trabajo y me quedé por tiempo completo.

No permita que el miedo lo detenga nunca.

Frases de cabecera, datos, reflexiones

«El orgullo del hombre lo humillará, pero el de espíritu humilde obtendrá honores».

—Proverbios 29.23 (RVR 1960)

«No hagan nada por egoísmo o vanidad; más bien, con humildad consideren a los demás como superiores a ustedes mismos».

—Filipenses 2.3 (RVR 1960)

«El techo de cristal que una vez limitaba la trayectoria profesional de una mujer ha abierto un nuevo camino hacia la propiedad de las empresas, donde las mujeres pueden utilizar su agudo sentido de los negocios, mientras que construyen fuertes lazos familiares».

—Erica Nicole

Mi principal característica, definitivamente, es la pasión, ¿y la suya?

La actividad emprendedora entre mujeres a nivel internacional ha ido en aumento.

A continuación, quiero compartirles información que considero importante. Por favor lean detenidamente y analícenla y estoy segura de que se verán reflejadas como yo me vi en su momento.

Características que tiene la mujer emprendedora:

Una mujer emprendedora es aquella que es capaz de ver una oportunidad de negocio, de iniciar un proyecto y hacerlo perdurar en el tiempo, de asumir los riesgos que esto implica y adaptarse a las circunstancias de cada momento.

Si bien, cada mujer emprendedora tiene motivaciones diferentes, podemos establecer una serie de características comunes que nos definen. Algunas de ellas son las siguientes:

Espíritu emprendedor: este destaca la necesidad y la oportunidad como dos elementos fundamentales. En este sentido, por un lado, la falta de ofertas laborales impulsa a muchas mujeres a crear su propio negocio. Por el otro, es imprescindible que toda persona emprendedora detecte oportunidades en el mercado, o sea, necesidades de consumidores que no están cubiertas y las aprovechen creando una empresa.

Asimismo, también cabe destacar que el espíritu empresarial de las mujeres es un pilar decisivo para el crecimiento económico inclusivo. De hecho, más del 50% de las mujeres de países en desarrollo ven el espíritu empresarial como una vía hacia un futuro mejor.

Formación: antes de emprender, resulta de vital importancia tener conocimientos en ámbitos como la gestión empresarial, el marketing, las ventas, la fiscalidad y los recursos humanos.

Pasión: Sir Richard Branson, fundador de Virgin Group dijo que «el emprendimiento es hacer que aquello que te apasiona en la vida sea lo fundamental, de manera que puedas sacarle el máximo provecho y lo hagas evolucionar». Y es que se tiene que sentir pasión por el negocio y así levantarse cada mañana con ilusión por trabajar en aquello que realmente te gusta.

Liderazgo: toda mujer emprendedora debe ser una buena líder con habilidades como la comunicación, la capacidad de tomar decisiones y dar ejemplo a su equipo, además de conocer el mercado. Como dice el motivador inglés Simon Sinek: «el liderazgo no consiste en estar al mando, sino en cuidar de las personas a tu cargo».

Empatía: Esta cualidad se está convirtiendo en un rasgo fundamental para los líderes del futuro, dado que impulsa la innovación y la productividad.

En base al informe International Business Report, elaborado por Grant Thornton Internacional, el 22% de los líderes mundiales del mercado medio citan a la empatía como la característica más importante de 2021 en adelante.

Capacidad de adaptación al cambio y proactividad: ante los cambios constantes que se están produciendo en la sociedad y, sobre todo, a causa de la pandemia generada por el Covid-19, la capacidad de adaptarse a los cambios y la proactividad son habilidades esenciales en cualquier mujer emprendedora. Como bien señala Peter Drucker: «el emprendedor siempre busca el cambio, responde a éste, y lo explota como una oportunidad».

Resiliencia: el informe de Deloitte La organización resiliente, destaca que las empresas que se anticiparon a la incertidumbre y desarrollaron la resiliencia estuvieron mejor preparadas para resistir a los efectos de la pandemia. Por tanto, es esencial saber adaptarse y ver oportunidades en momentos de crisis.

A continuación y a manera de homenaje e inspiración menciono a algunas mujeres emprendedoras que han alcanzado el éxito:

Coco Chanel: su nombre real es Gabrielle Chanel y se convirtió en una de las diseñadoras de moda francesa más legendarias. Abriendo su primera tienda de sombreros en París en el año 1910 y, posteriormente, transformándola en una boutique de moda. De esta manera, con su propio código de vestimenta Coco revolucionó el sector, obviando los códigos de la época, y se convirtió en una de las personas más influyentes del siglo XX. Su legado aún está vigente en el siglo XXI.

Kamila Sidiqi: es una empresaria afgana que destaca por su liderazgo y por su capacidad para impulsar el emprendimiento femenino. Kamila es creadora de un centro de formación de emprendimiento, el cual ha logrado impulsar proyectos de más de 5.000 personas, de las cuales el 70% son mujeres.

Luiza Helena Trajano: Es creadora de la primera tienda virtual de Brasil y una de las empresarias más conocidas de su país. Dirige el grupo de empresas Magazine Luiza, que integra un conglomerado de diversas marcas. Asimismo, fue elegida por la revista Time como una de las 100 personas más influyentes del mundo.

Como hemos visto, el emprendimiento femenino tiene un papel cada vez más relevante en el mundo empresarial. Y es que toda mujer emprendedora nace y se hace, a través de sus habilidades innatas y del desarrollo de nuevas capacidades que adquiere con la formación constante.

La actividad emprendedora entre mujeres a nivel internacional ha ido en aumento.

¡Aproveche la oportunidad!, no lo dude más, ahora es su momento.

CAP. 4

DAR VIDA

«Ella es fuerte, ella es guerrera, ella es mi madre».
—Bob Marley

Una tragedia entre pañales y biberones

Aunque hayamos cumplido nuestro cometido, no podemos detenernos.

Con la llegada de mis dos tesoros más preciados, supe el significado real de la palabra «reto».

Como mamá primeriza pero también mujer con tantos sueños por realizar, en aquel momento se llegaba la hora de cumplir uno de los más anhelados que era el de ser madre.

A finales del 2016 trabajando aún en Chic Nails, decidimos y planeamos la llegada de nuestro primer bebé, tuvimos mucho éxito y la bendición de que nada se complicara, la fecha de su gran llegada fue abril del 2007. En ese mismo año, Mayra abrió Luka sala de belleza y me ofreció estar con ella en el área de uñas. Por supuesto acepté encantada porque la conocía, confiaba y la admiraba por la entrega con la que realizaba su trabajo.

Mi estadía ahí duró muy poco pues ya contaba con tres meses de embarazo y estuve con ella hasta un mes antes del nacimiento de mi pequeño.

Fue un embarazo increíble y bendecido, sin ningún tipo de dificultades, nos dieron la maravillosa noticia que sería un adorable niño. Desde ese momento todo fue bello y hermoso.

Marco nació en El Paso Texas, un 7 de mayo del 2007, cuando yo estaba a punto de cumplir 22 años. A esa edad, comencé mi papel más importante: ser mamá.

Llena de miedos y dudas, pero me sentía con la madurez suficiente. Fue un parto natural y sin complicaciones, Marco nació en perfecto estado de salud, y yo me sentía feliz.

Durante su primer año fue un camino de aprendizaje mutuo, pues nos fuimos conociendo poco a poco sin dejarnos ni un solo momento. Era un niño hermoso, sin cabello, gordito y con una cara que me recordaba al niño de un comercial de TV.

Ese proceso, lo disfruté al máximo.

Unos meses después de su nacimiento, un sábado 19 de enero del 2008, mi cuñada me pidió ayudarle ese sábado en la estética pues estaba saturada de trabajo. Saliendo de ahí, sucedió algo inesperado que nos cambió la forma de ver la vida y nos paralizó por completo.

Recibí una llamada del trabajo de mi esposo diciéndome que se había caído de una moto, pero que todo estaba bien, solo sangraba de la cabeza por lo que se lo llevó la ambulancia al hospital más cercano. Salí directamente a verlo, rogando a Dios que fuera cierto lo que me habían dicho durante la llamada y no solo una mentira para no alarmarme. Llamé a mi hermana en Ciudad Juárez que estaba cuidando a mi hijo Marco para avisarle que me retrasaría.

Llegué casi al mismo tiempo que la ambulancia y pude ver como lo bajaron y que estaba inconsciente. No me dejaron acercarme y me pidieron entrar a la recepción para darme más información.

Tuve que esperar por casi cuatro horas noticias, angustiada de no saber qué estaba pasando, preguntando cada cinco minutos, porque no me decían nada. En ese momento de tanta angustia y desesperación, pensaba: —¿Qué estaría haciendo él en una moto en su trabajo?—.

Recordé que meses antes me insistió mucho para comprar una moto deportiva, yo no estaba de acuerdo por lo peligrosas que son y porque él no sabía manejarla, aunque conducía una pequeña tipo Vespa, que compró porque trabajaba en El Paso y nosotros vivíamos en Ciudad Juárez y las esperas en el puente fronterizo eran muy largas cada día y con la moto podía llegar de forma más rápida a su trabajo, sin tantas complicaciones. Un día llegué a casa y la moto ya estaba ahí, así que no me quedó más remedio y no dije nada. Mi hermano menor lo enseñó a manejarla pues él tenía también una, comenzaron a ir juntos a un club de motos y varios amigos se unieron también. Un día me convenció de ir con él y todo el grupo a pasear por la ciudad, accedí, dejé a mi bebito con mi hermana Cecy. Fue una experiencia bonita, pero en lo único que pensaba todo el camino era, que, si nos pasaba algo juntos, dejaríamos a nuestro bebé sin padres y eso me llenaba de angustia, entonces decidí no volver a ir.

Yo cuidaba a Marco hijo mientras él iba a hacer ese tipo de actividades. Un día llegó con la idea de comprar una motocross, a lo que nuevamente le dije que no, pero sus compañeros de trabajo estaban muy metidos en ese ambiente. Me insistió bastante tiempo hasta que un día me dijo que un amigo y compañero de trabajo le vendía una moto, que era muy buena oportunidad y que la iba a comprar.

Ese sábado 19 de enero por la mañana me comentó que el domingo se iría con todos sus amigos a pasear en moto y que su compañero de trabajo le llevaría la motocross.

Estando en el hospital en espera de noticias recordé todo esto y pensé, ¡claro!, se cayó en la moto que su compañero le entregó. Unos minutos más tarde llegaron dos amigos; y fueron ellos quienes me platicaron lo que realmente ocurrió ese día.

Pocos minutos antes de dar la hora de salida del trabajo, estaban varios en el estacionamiento y comenzaron a organizarse para el día siguiente. La idea era salir todos en grupo y en sus motos, les entusiasmaba mucho. Uno de ellos llevaba ya instalado un remolque con la suya, que era una cuatrimoto. La bajaron y decidieron probarla para saber si todo estaba bien con ella, pues tenían tiempo sin usarla. Llegó el turno de mi marido para probarla y en tan solo unos segundos, al dar la vuelta se cayó golpeándose en el piso. Eso era todo lo que sabíamos hasta el momento. Ellos comentaron que tal vez había sido su falta de experiencia en este tipo de vehículos lo que había causado su caída.

¿Recomendaciones de seguridad? ¿Es en serio? ¡Sí! ¡Muy en serio!

A mí me hubiera gustado saber todo esto antes. Por favor, si usted maneja o conoce a alguien que maneje una moto, recuérdele lo siguiente:

Medidas de seguridad vial para viajar en motocicleta:

Los casos de accidentes mortales día a día en los Estados Unidos y en el resto del mundo son miles en los que se encuentran involucrados conductores motociclistas. Por lo anterior, las medidas de seguridad son, de manera literal, la diferencia entre la vida y la muerte en los casos de accidentes viales. Así que, aunque considere algunas recomendaciones muy obvias, es importante que siempre las tenga presentes:

El casco es una medida de seguridad imprescindible al viajar en moto ya que protege la cabeza y el cuello del conductor.

¡Si mi esposo lo hubiera traído puesto, todo esto se hubiera podido evitar!

Implementos de seguridad: ¡Básico! Recuerde que una motocicleta, por más hermosa que sea, no es más que un vehículo desprovisto de implementos de seguridad (los autos cuentan con airbags, cinturón de seguridad y una carrocería exterior, por ejemplo) Por ello, los implementos de protección, no solo ¡Son obligatorios!, son necesarios. Un buen casco que cumpla con las regulaciones de seguridad es quizá el elemento principal, otros implementos: guantes, casaca, rodilleras e indumentaria apropiada.

Hay que tener cuidado con las curvas, siempre hay que tomarlas en serio, puesto que, en combinación con altas velocidades, son las principales causantes de los accidentes en motocicleta. Lo mejor para afrontar una curva, sobre todo si ésta es muy pronunciada, es frenar suavemente de manera anticipada antes de ingresar a ella. Cruce la curva a una velocidad baja para que pueda salir luego a una velocidad normal. No frene de manera brusca o de golpe, esto podría resultar contraproducente.

Las dos manos en el manubrio. No es necesario mayor ciencia para explicar las razones. Sea responsable y prudente, utilizar ambas manos le da mayor maniobrabilidad, seguridad y reacción. Conducir con una sola mano o sin ellas solo pone en riesgo su seguridad y la de todos en la carretera de manera innecesaria. Conduzca con precaución siempre y procure mantener una conducción lineal, y evitar los zigzagueos. Al igual que con la conducción automovilística, la responsabilidad del conductor se centra en mantener una conducción calmada, ordenada y prudente. Tenga cuidado con los cruces y para evitar una colisión, antes de llegar a un cruce vial debe bajar la velocidad de manera anticipada, mirar en todas las direcciones. De igual manera, respete el privilegio de los peatones en los cruces peatonales.

Una motocicleta no cuenta con los mismos privilegios que un auto o una camioneta, por ello, antes de partir o iniciar la ruta debe estudiar las condiciones del clima y de las carreteras para un viaje seguro. Si el clima es extremo e inclemente, lo mejor es quedarse en casa o procurar otra vía de movilización, de igual manera, evite las autopistas que presenten desafíos para los cuales, una moto no está preparada.

Nada mejor para sentirse y estar confiado que contar con un seguro de moto.

Sirenas, ambulancias y doctores

La espera terminó y salieron unas personas a decirnos que a mi esposo se le habían hecho algunos estudios y que sería pasado a ICU, que podría dirigirme hacia esa área. En ese momento no sabía que estaba pasando, me sentía sumamente aturdida, y solo les pregunté a sus compañeros que era ICU, me quisieron evadir, pero notaba algo en su semblante y sabía que algo no estaba bien, corrí a preguntar a otras personas que era ICU y me dijeron que cuidados intensivos. Todo giraba dentro de mi mente y corrí hacia allá para pedir que me dijeran que estaba pasando. Avisé a los familiares más cercanos, entre ellos, a su hermano mayor para que me dijera qué hacer. Él estaba trabajando y me dijo que saliendo pasaría, pero que no me preocupara, que todo estaría bien. No quisimos avisarle a su mamá pues aún no sabíamos nada en concreto y ya era muy tarde. Su hermana había salido ese mismo día de viaje así que no estaba ya en la ciudad.

Seguimos en espera y alrededor de la medianoche, sin tener ninguna respuesta aún, solo me decían cada 15 minutos que me acercaba a preguntar, que me dejarían pasar, pero ese momento no llegaba y de pronto me dijo la enfermera que tendrían que hacer una resonancia de emergencia y camino a la sala de rayos x, pasarían frente a mí en unos minutos y se detendrían a darme noticias. Esperé ese momento y recuerdo que fue el momento más angustiante de mi vida hasta entonces.

Pasaron con una cama gigante, llena de aparatos y mucha gente a su alrededor. Lo alcancé a ver por unos segundos, salía mucha sangre de su oído e iba moviéndose de una forma extraña, tal vez convulsionando, se me doblaron las rodillas y se me nubló la vista. La angustia de ver ahí a mi esposo, el papá de mi bebé, el hombre que amaba, fue espantoso. Salió el médico y dijo que sufría una hemorragia interna en el cerebro y que había que operarlo de emergencia, que no sabían cómo sería su reacción, o cómo iba a despertar porque desconocían el daño que el golpe le había causado. Di mi consentimiento y salí corriendo del hospital aturdida y sin rumbo.

A unas cuadras, me encontró mi cuñado (su hermano) y me detuvo, vio mi cara y entonces supo que todo estaba mal. Yo no podía hablar por tanto llanto y él no entendía lo que yo decía. Me llevó de regreso a la sala y ahí me calmé y lo puse al tanto de la situación.

Salieron unas horas después a dar información, la cirugía había salido bien, solo era cuestión de esperar unas horas, hasta la mañana siguiente para saber si todo había resultado favorable y para hacerle nuevamente estudios y saber si la hemorragia había cedido. Decidimos mi cuñado y yo ir a casa a ver a mi pequeñito y descansar unas horas para regresar por la mañana.

Regresé a Ciudad Juárez con Marco bebé y por la mañana me dirigí de nuevo al hospital a esperar noticias. Estas no fueron alentadoras pues le habían detectado también un daño en las cervicales del cuello, la C-2 y C-3. Tenían que poner un aparato llamado Halo, que es un aro de metal alrededor de la cabeza a la altura de la frente, el cual es sostenido con dos tornillos instalados de afuera hacia adentro del hueso craneal y dos en la parte de la nuca a mitad de la cabeza, en total 4 tornillos instalados. Del aro salían dos tubos de metal también que iban anclados a un chaleco de esponja. Lo metieron a una mini cirugía para colocarlo. Para entonces ya habíamos llamado a mi suegra y pedido a su hermana que regresara de su viaje.

Los médicos nos decían que no se sabía cómo iba a despertar. Así pasaron varios días. Con una mejoría increíble y milagrosa, despertó y el daño era casi nulo, tenía paralizada la cara pero era normal por los tornillos que estaban en su frente.

Pasó varios meses en total recuperación. Yendo de terapia intensiva a piso general y después a rehabilitación, pues le tenían que dar terapia de cara y enseñar a moverse y a caminar de nuevo.

Nuestra vida cambió por completo. Pasaba los días enteros en el hospital y cada dos noches iba a ver a mi criatura. Mi mamá cuidaba de él todo el tiempo, ¡no sé qué hubiera hecho sin su apoyo! pues fueron meses duros.

Le daba gracias a Dios por tener a mi esposo con vida y ver poco a poco su recuperación. Pasaron alrededor de seis u ocho meses y para finales de año, cuando mi marido estuvo completamente recuperado, acordamos cambiar nuestro lugar de residencia a El Paso Texas.

Ya instalados, acordamos que comenzaría a trabajar de tiempo completo con mi cuñada. Mi hijo ya tenía un año y medio y decidimos meterlo a una guardería. Fue una decisión dolorosa tener que separarme de mi chiquito. Al dejarlo, él lloraba y yo también.

Retomé mi carrera de cosmetología después de casi dos años de haberla dejado a un lado para estar con mi pequeño, algo de lo que no me arrepiento, porque pasar sus primeros meses sin separarnos, fue lo más maravilloso de mi vida.

CAP. 5

UNA PÉRDIDA, UNA PRINCESA

«Las princesas existimos porque alguien sueña con nosotras».
—Anónimo

Todo en la vida pasa; pero primero te atropella

Pasaron casi tres años desde que nació nuestro primer hijo y yo seguía trabajando. Marco hijo pasaba en la guardería algunos días, otros me lo llevaba conmigo, era un niño muy bien portado, sin contar con que trabajaba con su tía y su abuelita que lo adoraban y siempre lo recibían con los brazos abiertos.

Fue entonces cuando comenzamos a planear la llegada de un nuevo miembro a la familia. Hice una cita con mi ginecólogo y preparamos todo. Al poco tiempo recibimos la noticia de que llegaría un bebé pronto. Faltaban unas cuantas semanas para cumplir los 3 meses de embarazo así que decidimos esperar para anunciar la noticia.

Llegó el momento y compartimos el feliz acontecimiento con nuestros seres queridos en una reunión familiar. Todos estábamos entusiasmados, Marco chico, estaba a punto de cumplir 3 años así que era el momento perfecto.

Unas semanas después del anuncio, lastimosamente el bebé no se logró, tuve sangrado y perdimos el embarazo. Fue un golpe duro y una sensación que hasta la fecha no sé cómo describir.

A veces la vida es cruel e injusta y por circunstancias ajenas a nosotros y propias de la madre naturaleza, sin previo aviso cual huracán destructivo se lleva todo lo que encuentra a su paso, lastimando a toda una familia y arrasa con los hermosos planes de futuro que teníamos en mente.

El tiempo tan vital y necesario, me ayudó y pude asimilar todo lo sucedido y retomé las riendas de mi vida.

No fue fácil, pues aparecían repentinamente sentimientos y emociones muy duros, por lo que tuve que ser más fuerte que nunca.

Bebita a bordo

El doctor nos dijo que todo estaba bien, que era algo común dentro de todo y que no había problema en volver a intentarlo.

Así que no desistimos y meses después se anunciaba la llegada de un bebé. Aún no se sabía su sexo, pero estaba ansiosa de que fuera niña, así tendríamos ya una pareja de hijos. Unos meses después supe que sí, que lo que tanto anhelábamos estaba pasando, era una niña.

Nataly llegó al mundo un 8 de mayo de 2011. Coincidencias de la vida, un día después que Marco, pero 4 años después. Marco nació un 7 de mayo y ella un 8 de mayo. Marco estaba programado para abril, pero él no quería nacer, estaba muy cómodo y nació de 40 semanas. En cambio, Nataly estaba programada para nacer en junio y ella se adelantó, fue prematura con 35 semanas de gestación. Con su llegada mi sueño de ser madre de una niña se hizo realidad.

Recuerden que soñar es gratis y no hay algo más hermoso, así que nunca dejen de hacerlo.

De la mano con la terapia

Unos meses después comenzamos a darnos cuenta de que Marco hijo tenía muchos celos de Nataly, a tal grado que comenzaba a presentar ansiedad y a arrancar su cabello. Tomé una muy acertada decisión y lo llevé a terapia psicológica para entender qué pensaba él, ¿por qué se sentía así? Yo solo podía imaginar que estaba pasando por un momento muy difícil a los cuatro años de edad.

Tratando de ayudar a Marco, incursioné por primera vez en una terapia psicológica que también me ayudó a mí como mamá, que pasaba el tiempo completo con mis dos hijos.

Quiero compartirles mi experiencia con este tipo de terapia, que es básicamente un tratamiento, cuya finalidad es la curación o alivio de ciertos síntomas ya que fue excelente porque me di cuenta de que también yo la necesitaba.

Cuando nos empiezan a hacer preguntas cuyas respuestas parecen tan obvias, y se establece la plática y conexión con nuestro terapeuta, nos damos cuenta de que hay cosas que no sabemos que necesitamos.

Al término de cada terapia e ir avanzando de la mano de Marco, vi como se comenzaba a tranquilizar (igual que yo), dormía mejor, sonreía más, dejaba de jalarse el pelo y confirmé que había tomado una excelente decisión.

Si usted llega a sentirse nervioso, triste, desesperado, ansioso, o le parece que le empiezan a rodear los problemas, por favor no dude en buscar ayuda psicológica.

Todos tenemos que entender que no somos indestructibles cual superhéroes de película, ellos son ficción y nosotros reales y de la mano con esa realidad, podemos estar lastimados, rotos o hechos pedazos y tener que sacar fuerza de flaqueza para seguir adelante.

Existe un bajón emocional en donde no es necesario llorar, simplemente nos sentimos literalmente apagados sin encontrarle sentido a nada.

Fue un año y medio muy bonito disfrutando a mis nenes de la mejor manera.

Pero tenía que retomar mi vida profesional ya que yo era y sigo siendo una mujer con muchos sueños, ilusiones, empoderada y con entusiasmo por seguir emprendiendo en mi carrera. Así que decidí regresar a trabajar por pocas horas a la semana y esperar que Naty pudiera entrar al Kinder para que pasara más horas en la escuela mientras yo trabajaba.

Esa temporada fue muy bonita para mis hijos y para mí. Llena de hermosas experiencias. Solo espero que ellos la recuerden con tanta alegría como yo lo hago; aunque ellos eran pequeños creo que fue parte muy importante de su crecimiento y estabilidad emocional.

La parte más difícil fue tener que dejar a mi nenita en una guardería al no contar con el apoyo de mi mamá como cuando nació Marco.

Y si, efectivamente queridos lectores, al planear mi regreso a una vida laboral fuera de casa, tuve un poco de tiempo para analizarlo todo.

CAP. 6

OJOS VENDADOS

«El engaño y la mentira tienen fecha de caducidad y al mismo tiempo, la confianza muere para siempre».
—Anónimo

Frente a frente con el dolor

Este creo yo que será el capítulo más difícil de contar, porque en él compartiré un poco de lo que fueron mis 10 años de matrimonio y sobre todo la época más difícil de mi vida que fue cuando todo terminó en un divorcio.

Disolver el vínculo matrimonial, siempre será una parte difícil en la vida de cualquier persona.

Si no considerara que fuera importante mencionarlo, jamás lo contaría.

Soy una mujer positiva y con buena vibra, no hablo nunca mal de nadie, ni mucho menos participo en chismes. Soy pacifista y emocionalmente, inmensamente feliz. Siempre lo he sido a pesar de ciertas situaciones de mi vida.

Después de leer este capítulo, entenderán porqué y para qué comparto estas experiencias.

Mi matrimonio duró alrededor de 10 años ya que el último, (el onceavo) realmente no lo cuento como parte de mi unión matrimonial.

Como relaté al principio, me casé muy ilusionada y enamorada, viví en una burbuja de cristal color de rosa durante 10 años. Era tan solo una chica de 19 años, sin experiencia y sobre todo sin maldad. Y confieso que hasta ahora lo sigo siendo, creo que esto es parte de mi personalidad.

Recuerdo que mi mejor amiga me decía: —tú piensas que toda la gente es igual a ti, que razona y es honesta y no te das cuenta de que no es así, la gente tiene maldad y hace cosas que no te imaginas—.

Siempre me lo dijo y yo siempre le dije que exageraba y que no creía que las personas tuvieran que mentir o engañar.

Y así viví con una venda en los ojos durante diez años, perdonando infidelidades. Nunca hubo golpes ni malos tratos, aunque con el tiempo he podido darme cuenta de que aquello era otro tipo de violencia, que llegué a ver como algo normal. Le entregué mi confianza total a alguien que no fue sincero.

La primera vez que me engañó teníamos alrededor de un año de casados, fue cumpleaños de su hermana y salimos con un grupo de amigos a festejar. Esa noche me dejó sola en una esquina de la mesa y se fue al otro extremo a platicar con una mujer, no le tomé mucha importancia hasta que pasó mucho tiempo y él bailaba y platicaba con ella; me acerqué a él y le dije que mejor me iba a casa para que él se divirtiera y le entregué las llaves de su camioneta. Salí de ahí envuelta en llanto sin saber que hacer y lo único que hice fue ir a casa caminando y quedarme afuera esperándolo porque no tenía llaves. Él llegó tiempo después en el auto con la mujer, se detuvo un momento y se volvió a ir, regresó más tarde a casa. Yo rogaba que llegara rápido, caminé por más de treinta minutos sola, con un frío impresionante porque todo aquello sucedió a finales de noviembre y me quedé afuera por varias horas. No tenía dinero para tomar un taxi, los celulares no eran tan populares como ahora y yo tenía tan solo 20 años.

Al día siguiente, no contento con la humillación que me hizo pasar, me confesó que estuvo con esa mujer. La verdad no recuerdo qué ocurrió después de ese día, cuánto tiempo pasó para que yo olvidara ese momento o cuánto tiempo tardé en volver a confiar en él.

Yo viví los embarazos más hermosos de mi vida, era la mujer más feliz cuando veía mi pancita crecer, mis amores se portaron muy bien dentro de ella y jamás tuve un achaque de embarazo.

Fue bastante desgastante estar ese tiempo con un hombre machista que decía que yo estaba embarazada y no podía salir mucho. Llegaba tarde y claro que yo le reclamaba que eso no estaba bien siendo un hombre casado.

En una ocasión, estando embarazada de Marco, tomé la decisión de ir a hablar con él a su trabajo y decirle que si no estaba a gusto mejor dejara la vida de casado y siguiera la vida de soltero ya que por lo visto era la que él quería. Siempre decía que no y así pasó el tiempo.

Con el embarazo de Naty recuerdo también que, en muchas ocasiones, lloré en casa con impotencia y siempre pensaba y juraba que no lo dejaría entrar al parto de Naty. Pues ese día llegó y como siempre, cedí a todo y accedí a que él estuviera presente en la sala de partos.

Era un sábado 7 de mayo, cumpleaños de Marco, yo trabajaba en el salón con mi cuñada y mi suegra cuidaba a Marco en su casa.

Al terminar después de un día muy laborioso en la estética, le dije a mi pequeño que a donde quería ir por su cumpleaños, él solo me respondió: —quiero ir a los outlets a caminar y que me compres algo—. Le dije: —ok, vamos en lo que sale papá de trabajar y luego vamos a comer a donde tú quieras—. Así fue y estuvimos caminando mucho en el centro comercial, le compré sus tenis favoritos y seguimos caminando y viendo cosas, hasta que su papá me mandó un mensaje diciendo que no venía con nosotros a comer por que saldría con sus amigos. Yo moría de rabia y no podía creer que hubiera preferido ir con sus amigos, en lugar de festejar el cumpleaños de su hijo de 4 años.

Tomé de la mano a mi pequeño, lo llevé a su restaurante favorito y nos fuimos a casa. Fue un día muy pesado de trabajo, de caminar mucho y de pasar un coraje bastante grande. Cuando llegamos a casa sentí ganas de ir al baño, fuí, pero con una sensación muy rara, no sentí cuando me oriné, pero sí vi un enorme chorro de agua transparente en el inodoro. Yo no tuve rompimiento de fuente con Marco así que no sabía qué era eso. Entonces solo pensé que era raro, pero salí muy normal. Le pedí a Marco que se acostara conmigo porque era su cumpleaños, pero en realidad fue porque no quise que su papá llegara tomado y se acostara a mi lado. Estando dormida me despertó un dolor, me quedé despierta y quieta por unos minutos y volvió nuevamente ese dolor. Con Marco no tuve contracciones de parto por que fue programado (bueno si tuve, pero ya en el hospital con la inducción que me pusieron). Reflexioné que los dolores eran cada 5 minutos y también recordé esa ida al baño rara, entonces pensé, eso fue que se me reventó la fuente y estas son contracciones.

Eran aproximadamente las 2:00 a.m. y lo primero que se me ocurrió fue hablarle a mi esposo para que lo supiera, pero no me contestó, así que le dejé mensaje. Yo me metí a bañar, preparé todas mis cosas y esperé un poco a que amaneciera porque no quería que me metieran por urgencias al hospital y sabía que el área de maternidad la abrían por la mañana. Aproximadamente a las 6:00 a.m. le llamé a mi cuñada y le dije lo que pasó y que me iría a la clínica. Mi marido estaba en la habitación de nuestro hijo y solo entré para avisarle que me iría al hospital. Le dije:
—te encargo a Marco, está dormido—. Y salí en mi auto. Ya en camino, me dí cuenta de que no tenía gasolina para llegar, así que me detuve, ya tenía más contracciones y seguía saliendo agua. Me imaginé que seguía soltando agua la fuente.

Por fin llegué al hospital, entré y me recibieron comprobando que había roto la fuente. Me quedé internada y Nataly nació aproximadamente a las 6:00 p.m. y cuando me preguntaron por el papá, yo lo disculpé diciendo que se había quedado cuidando a Marco, pero nunca dije lo que en realidad pasó.

Me seguiste lastimando

La segunda vez que me fue infiel, fue a los seis meses de nacida Naty en octubre del 2011. Tomamos unas vacaciones con los niños, mi suegra y mi cuñada a la Ciudad de Cancún. Todo iba perfecto y de maravilla, hasta que a mitad del viaje salimos a una discoteca llamada Coco Bongo. Íbamos acompañadas por mi cuñada y un grupo de personas del mismo hotel donde estábamos hospedados. No habían pasado ni 30 minutos cuando se separó de nosotros y lo ví a unos cuantos pasos de distancia platicando con una trabajadora de aquel lugar. Al principio pensé que estaba discutiendo.

Pasados unos minutos, resbalé y caí al suelo. Cuando me levanté, él ya no estaba ahí. Desapareció. Al parecer, aprovechó mi caída para escapar. Lo buscamos, no puedo calcular por cuánto tiempo. Yo no tenía celular, ni reloj, ni mucho menos dinero, nada.

Nunca lo encontramos, las personas que iban con nosotros, comenzaron también a buscarlo, pero tampoco tuvieron éxito. Hubo un momento en el que estaba realmente preocupada imaginando lo peor. Hasta que por fin llegó muy quitado de la pena diciendo que había ido al baño, lo cual por supuesto era totalmente falso porque lo buscamos muchas veces ahí.

Yo me enojé mucho, entre el dolor de la caída y esa situación terminé diciéndole que nos fuéramos y salimos disparados de ahí. Ya afuera del lugar recordé que estaba su hermana sola adentro así que le dije: —dame dinero para irme y regresa tú por tu hermana—. Ella no traía efectivo tampoco y no hubiera podido regresar al hotel sola. Estando en el camión a punto de salir hacia el hotel, recapacité y pensé, que tal vez, había exagerado. Tampoco quería llegar al hotel donde estaba mi suegra cuidando a los niños y tener que decirle lo sucedido, así que regresé. Cuando entré desde lejos vi que estaban los dos, mi esposo y su hermana, él con la misma mujer y ella con un hombre que había conocido. Me fuí al segundo piso para observar qué hacían. Pasados unos minutos mi marido le dijo algo a su hermana, pero las luces se apagaron y ellos desaparecieron. Tardé un tiempo en volverlos a encontrar, pero de repente los vi ahí nuevamente bailando juntos muy pegados y muy cariñosos con sus respectivas parejas. ¡Me quedé paralizada sin poder creer lo que veía! Él, muy cariñoso con esa mujer, bailando. Así que me armé de valor, fui le toqué el hombro y le dije: —¿ya te cansaste o quieres más?—. Respondió: —quiero más—.

Me fue difícil digerir lo que ocurrió, así que salí disparada del lugar, pasé por la pista donde su hermana estaba bailando y le dije: —no puedo creer que me estés haciendo esto a mí, puedo creer que lo hiciste con tus otras cuñadas, pero conmigo no lo esperaba—. Yo llevaba una excelente relación con ella, se podría decir que era una relación de hermanas y me sentí defraudada por ella al saber y ver que dejó que su hermano literalmente me pusiera los cuernos, como vulgarmente se dice, y no me defendiera o lo detuviera. Salí corriendo después de eso, a diferencia de su hermano, ella sí salió detrás de mí, pero logré perderme entre la gente y me alejé de ese lugar.

Estaba en shock no podía creer lo sucedido. Llegué al hotel y estuve un rato en el Lobby tratando de tranquilizarme y después subí a mi cuarto. No le dije nada a mi suegra, solo que se habían querido quedar y yo había regresado porque estaba cansada.

Pasé los siguientes días sin hablarle a Marco papá. Con una enorme tristeza y el corazón roto. Lo único que me alegraba era ver a esos lindos ojos azules pidiendo mis brazos, pues Nataly apenas tenía seis meses y amaba verla con sus rizos hermosos llamándome mamá. Marco hijo, ya estaba un poco más grandecito.

La desilusión se hizo aún más profunda cuando regresamos y tuvimos que hablar del tema y él solo respondió: —pues tú tienes la culpa, eres como una niña que tengo que estar cuidando—. Sin decirle nada a nadie entré en una depresión muy fuerte, en la que me sentí muy mal. Nadie lo notó, lloraba en silencio. Recuerdo que a finales de ese mismo mes celebramos nuestro séptimo aniversario de bodas así que en esa ocasión, perdoné demasiado pronto.

Me convencieron de hacerlo ya qué habíamos planeado hacer algo divertido desde hacía tiempo. Recuerdo también alguna vez haberle descubierto unos mensajes y unas fotos con una señora. Llegó un viernes tomado, ya era tarde y yo estaba viendo la televisión en la sala. Se sentó a un lado mío y comenzó a molestarme. Puso la computadora en sus piernas y abrió Facebook. Yo no volteé a verlo, pero de pronto y de reojo ví algo y le dije: —A ver—. En seguida puso cara de susto, cerró la computadora y se levantó de un salto. Se me hizo muy extraño y comencé una riña. Él se reía, no sé si de nervios o solo se burlaba de mí. Cerró las páginas y entonces tomé la computadora y me metí a la recámara, la abrí nuevamente y descubrí lo que ocultaba. Se dió cuenta y me cortó el Internet. Fui más lista, salí de prisa de casa y me fui al primer McDonald's que encontré (entonces tenían Internet) logré entrar a su Facebook, en realidad solo para darme cuenta de que tenía un par de conversaciones con mujeres que conocía cuando salía, pero una de ellas me impactó porque se compartieron unas fotos y me sorprendió la pose y la alegría de su rostro, cosa que jamás vi conmigo en ninguna foto; era una de las cosas que yo constantemente le reclamaba.

Como siempre dejando pasar cosas, todo repitiéndose de la misma manera.

Yo era feliz, me encantaba mi trabajo, los niños, tenía una muy buena relación con mi suegra y mi cuñada, teníamos oportunidad de salir de vacaciones o por cuestiones de trabajo y eso a mí me encanta hasta la fecha.

Mi entorno era su familia y los niños, yo salía bastante con su hermana y su mamá, pero siempre con ellas.

En una ocasión salí a cenar con mi mejor amiga de la preparatoria. Cuando llegué me hizo una tremenda escena de celos, me revisó hasta el recibo de pago del restaurante, entre otros muchos reclamos que no venían ni siquiera al caso.

Aquella vez, me puse a pensar en muchas cosas y una de ellas fue que él se quedaba tan a gusto cuando yo salía, porque siempre salía con su hermana y su mamá o solo con su hermana. Él me daba esa libertad y yo le daba libertad de salir con sus amigos, pero en el momento que yo salí realmente con una amiga a cenar ya no le pareció. Ahí me dí cuenta de que las cosas nunca fueron equilibradas solo fueron cubiertas con una venda, yo misma las cubrí.

Yo me sentía muy afortunada saliendo con mi suegra y cuñada, así que para mí no hubo problema en seguir haciéndolo y como salir con diferentes amigas me causaba conflicto con él, pues traté de evitarlo.

Ya casi al final del décimo año, sucedió una tragedia en mi familia, murió mi sobrina Angie, hija de mi hermana Cecy a quien yo quería como si fuera mi hija. Mi hermana y yo somos muy apegadas. Esa pérdida nos afectó a todos y evidentemente a mi hermana más que a nadie.

Yo sentía un profundo dolor, y él lo único que hacía era atacarme con comentarios hirientes. —Era de esperarse—. Me repetía: —no sé por qué estás así «ya supéralo»—.

Llegó a decirme por Facebook: —Quita eso no seas ridícula—. Refiriéndose a un post que hice sobre mi sobrina. Todo esto a pocos días de su muerte. Eso me llevó de nuevo a otra depresión. No comprendí por qué él era así, tan frío, seco, sin muestras de cariño.

Poco a poco nos fuimos alejando más; pasaron algunos meses y yo llegué a sentir rechazo y rencor hacia él. Un día no llegó a dormir y a mí me dejó de importar a qué hora llegaba. Ese día comprendí que mi amor por él estaba muriendo.

Tu irresponsabilidad detonó mi decisión

Pero lo que me hizo tomar la determinación de pedir el divorcio por primera vez, fue cuando puso en peligro la vida de mi hijo Marco, llevándolo sin mi autorización a un evento de Jeeps en la carretera en Las Dunas de Samalayuca a unos 55 minutos de Ciudad Juárez. Esos eventos son solo para mayores, hay muchos jeeps, motos, camionetas grandes subiendo montañas de arena, pero sobre todo la gente toma alcohol y llega un momento en que se emborrachan. Regresó a casa con el niño casi a las 3:00 de la mañana, ahogado de borracho y manejando. Ese día me enojé tanto que le dije que me diera las llaves de la casa y se fuera. De verdad estaba enfurecida, ¿¡cómo se había atrevido a poner en riesgo la vida de mi hijo¡?

No dudé ni un segundo más y pedí el divorcio. Pasaron varias semanas y no se iba, yo ya no trabajaba con mi cuñada. Conseguí un trabajo de medio tiempo cerca de mi casa. Solo hacíamos uñas, pedicure, depilaciones, faciales y estaba la masajista. Era un spa dentro de la base militar, me gustaba mucho porque mi horario era muy práctico, trabajaba mientras mis hijos estaban en la escuela y así pasaba yo por ellos al terminar sus clases.

Por supuesto él no aceptó el divorcio y habló con mi familia para que me convencieran de lo contrario. Sugirieron ir a terapia y ellos sin saber nada de lo que realmente ocurría en mi matrimonio, accedieron a hablar conmigo y por supuesto me convencieron de ir a terapia. Fuimos por un tiempo. No sin antes hablar con él y advertirle que era la última vez que le permitía cualquier falta de respeto y le dije todo lo que no era correcto que hiciera un hombre casado. Hablé de mil formas con él y me aseguró que entendía y todo iba a cambiar y parecía que sí lo haría.

Los terapeutas que vimos coincidían conmigo y dijeron lo mismo.

Pasaron algunos meses y noté mucho cambio en él. Me volvió a conquistar, porque yo ya estaba muy desilusionada de todo. Renuncié al spa y le ofrecí un negocio a mi cuñada: seríamos socias. Ampliamos el salón y pusimos un área grande de uñas, pedicure y depilación, invertimos en decoración y muebles, todo quedó hermoso. Yo hice todo el diseño, estaba muy emocionada pues sería mi primer negocio y sobre todo enfocado en lo que a mí más me gustaba que era esa área de la belleza. Todo estaba perfecto y la inauguración sería en el mes de julio.

Ese año yo cumplí mis 30 años y lo celebré en grande con toda mi familia en León Guanajuato, fue algo muy especial y bonito. Regresando nos fuimos a Cancún a la boda de una amiga muy cercana y querida, fuimos todos en familia.

Regresando de Cancún volvió a comenzar la pesadilla.

De nuevo comenzó a salir con sus amigos y regresar tarde. Se me hizo muy extraña su manera de comportarse. Antes había vuelto a salir, pero aquella vez fue diferente, salió dos días en el transcurso de esa semana y de inmediato reaccioné o como dicen en México, paré el carro. Yo presentí algo, no sabía que era, pero lo presentí. Así que enseguida me alejé de él y se lo hice saber, no era normal como actuaba y le pedí nuevamente el divorcio. Me salí de nuestra recámara y dormía en la sala. Era la misma historia de siempre; me salía yo del cuarto por dos o tres semanas, no nos hablamos y a la tercera sin pedir una disculpa él solo llegaba como si nada me hablaba y terminamos solucionando las cosas. Creo que ahí estuvo mi error durante todo ese tiempo, nunca se habló solo fue silencio hasta que a mí se me pasaba u olvidaba.

Esa vez, pasaron igual dos o tres semanas y me comenzó a buscar, solo que mi reacción fue otra. Mi decisión estaba definitivamente tomada, yo quería el divorcio, comprendí que él realmente nunca iba a cambiar. Mi esposo estaba renuente y decía que no. Todas las madrugadas iba a buscarme a la sala para que regresará a la recámara y a preguntar mil veces lo mismo. ¿Por qué, por qué te quieres divorciar?, no estoy haciendo nada malo. Yo le contestaba que no estaba dispuesta a seguir con esa misma vida. Él quería una vida de soltero con una mujer en casa con sus hijos, claro con la diferencia, de que yo era una mujer muy trabajadora y él estaba feliz pues trabajaba y pasaba todo el tiempo con su mamá y hermana así que para él era perfecto.

Un día me cansé de la misma historia. No me dejaba dormir, se sentaba en el sillón a preguntar toda la noche lo mismo, no tenía sentido nada de eso. Así que decidí descansar de ese martirio y me llevé a los niños a casa de mis compadres y les dije que haríamos una pijamada todos juntos. Ellos tenían hijos de la misma edad. Solo le mandé un mensaje, diciéndole que no pasaríamos la noche en casa. Era un viernes, lo recuerdo muy bien, lo cual era fenomenal para él, pues podría salir sin tener que rendirme cuentas. Estuvo molestando, marcando cada cinco minutos. Preguntando dónde estaba y yo no le decía por que quería estar tranquila, pero terminé haciéndolo para que dejara de molestar. Le pareció bien y me dejó en paz, no sin antes mandarme unos cuantos mensajes y una dedicatoria de una canción de amor.

Al día siguiente pasamos el día en la alberca en casa de mi otra mejor amiga de la preparatoria. Fue muy divertido y ya por la tarde se me hizo súper raro que no me llamara ni me mandara mensaje. Le avisé que me quedaría de nuevo a dormir fuera de casa a lo que me respondió sin ninguna preocupación que sí, que estaba muy bien. Fue muy extraño porque a él no le caía bien mi amiga y no le gustaba que fuera a su casa. Más tarde le llamé, no me contestó y su teléfono se escuchaba como si estuviera en México, fue cuando reflexioné que era sábado y él recibió la noticia muy bien.

Yo tenía ya que salir de dudas y de esa incertidumbre que me mataba por que sabía que algo pasaba, pero él decía que no y siempre fue él la víctima y yo la loca. Así que le dije a mi amiga que cuidara a los niños mientras dormían. Quería ver si estaba en casa. Quería saber a qué hora llegaba y si era cierto que yo le importaba. Salí rumbo a mi casa alrededor de la 1:00 a.m. estacioné el carro a unas cuadras de distancia y me fui caminando. Entré y me di cuenta de que no estaba, así que fui directo a la habitación de mi hija. Ahí estaba a punto de quedarme dormida, cuando comencé a escuchar sonidos de mensajes, no sabía de dónde venían, y decidí ir a buscarlos. Salían de nuestra habitación, de su buró y provenían de su tableta en donde estaba abierto su Facebook y Messenger y le entraban mensajes que él estaba enviando también desde su celular. Ellos se estaban poniendo de acuerdo para verse en algún lugar en ese momento, vi todo lo que estaba en aquella conversación, vi lo que tenía que ver. Llevaba varias semanas de relación con una chica de Ciudad Juárez y un día antes también le dedicó la misma canción de amor que me dedicó a mí; solo con un pequeño detalle de diferencia, a ella se la mandó primero que a mí, por unos minutos. En ese momento, sentí que mi mundo se acababa. Confieso que no tuvo comparación con la primera vez, ni con la segunda. Cada vez que alguien te engaña vas sintiendo menos dolor.

Vi más cosas de las que debía ver. Tomé varios videos y fotografías como pruebas. Terminé y me fui a llorar a la otra habitación.

Estaba perturbada, no sabía lo que haría, era julio y los niños estaban de vacaciones.

Al día siguiente el muy hipócrita me llamó molesto preguntando donde le entregaría a los niños, le respondí lugar y la hora, pero le pregunté también, ¿por qué estaba tan molesto? Y respondió que por que tenía dos días sin llegar a casa. Que cosa tan extraña si los dos días viernes y sábado, él había estado tan conforme, ¡pero claro! Ya se había divertido, ya era hora del reclamo.

Llegué a la hora acordada para entregarle a los niños que pasarían el domingo con él. No me pude contener y pregunté: —¿Por qué traes cara de desvelado, saliste?—. Respondió que no. —Estuve dando vueltas toda la noche en la cama sin poder dormir pensando en él. Me dormí hasta las 5:00 a.m. En aquel momento no pude evitar derramar una lágrima, traía lentes así que no creo que lo notara.

No podía creer tanta falsedad y tanta hipocresía de alguien, definitivamente pudo haber ganado un Oscar con tan excelente actuación. Yo me sentí tan humillada, decepcionada, pero también me sentí muy segura y con mucha fuerza para afrontar la decisión que estaba por tomar: el divorcio.

Pasé los siguientes días en casa de mi mamá pensando en que haría; tenía mucho miedo de enfrentar lo que venía. Pero les aseguro que ni en mis peores pesadillas hubiera imaginado lo que iba a suceder.

Todas las noches salía de casa de mi mamá y volvía a hacer lo mismo, regresar a mi casa y hacer nuevamente lo que hice aquel sábado. El lunes, estaba en casa, el martes estaba en casa, pero el miércoles fue distinto. Nuevamente no estaba, pero esa vez me estacioné en casa, me bajé y entré nuevamente. Esta vez me fui directo a su buró en la cama y sí, estaba ahí su tableta y nuevamente sus redes sociales abiertas. Se me hacía muy extraño que estuvieran abiertas, porque él todo el tiempo en casa, las tenía cerradas y cada vez que quería ver algo hacía inicio de sesión. Siempre se me hizo extraño pero él siempre decía que así le consumía menos datos, pero después, pensando y analizando, todo tomó sentido, ¡claro!, no las podía tener abiertas por todos los mensajes que le llegaban. Porque esas dos noches siempre estuvieron abiertas, nuevamente estaban juntos. Se habían puesto de acuerdo para verse. No había una dirección, pero si una pista, de en qué carro andaban y por dónde se verían, todo esto en Ciudad Juárez. Así que esta vez no me quería quedar con la tentación. Tomé el auto y me salí manejando, crucé la frontera y lo fui a buscar en todos los lugares que podría estar, estuve varias horas, incluso fui hasta donde decía que vivía ella pero no tuve suerte y no encontré nada, así que decidí regresar a casa.

Cuando regresé él aún no estaba ahí, estacioné el auto y me acosté en mi cama. Llegó un par de horas después, alrededor de las 4:00 a.m. No me imagino lo que le pasó por la cabeza al verme ahí acostada, sabiendo que sus redes sociales estaban abiertas en su tableta, se le fue la sangre hasta los pies. Se acostó sin hacer el menor ruido ni movimiento. En la mañana aproveché que él se metió a bañar y salí apresurada rumbo a la corte a pedir informes sobre los divorcios. En cuanto se dió cuenta que no estaba comenzó a llamar mil veces pero no respondí hasta que salí de la corte. De ahí tomé rumbo para la casa a recoger algunas cosas que necesitaba para los niños y fue entonces que le contesté la llamada y estas fueron mis únicas palabras: ya sé todo lo de tu relación con la mujer de Juárez, por favor te pido que tengas la dignidad de dejarme en paz y darme el divorcio. Por supuesto que lo negó todo, aunque le di el nombre de la persona, él no se imaginaba como me había enterado yo de todo. Tomé las cosas de mi casa y me regresé con mi mamá, cuando llegué, él ya estaba ahí queriendo hablar, por supuesto yo no quise hacerlo además tenía una cita médica mi mamá y yo la acompañaría así que salimos de ahí con los niños.

Ese día, comenzó la pesadilla.

CAP. 7

CUANDO MÁS OSCURA ES LA NOCHE MÁS HERMOSO SERÁ EL AMANECER

«Sin dinero, con dinero. Con pareja, sin pareja. Con mucho, poco o nada... pero en paz; porque quién tiene paz, lo tiene todo».
—Anónimo

Desesperación, miedo en aumento y terror

Por supuesto esto yo no lo sabía en aquel momento, creí que lo que a continuación les contaré, jamás terminaría. Será todo muy breve y créanme que lo que aquí cuento no es ni la mitad de lo que vivimos mis hijos y yo.

Aquel jueves (tengo tan presente cada día) le hablé a mi cuñada y a mi suegra para decirles que quería conversar con ellas. Nos vimos en un restaurante y con el corazón partido les dije lo que sucedía, que había descubierto nuevas infidelidades y ya no estaba dispuesta a seguir. Se entristecieron muchísimo pues llevábamos una excelente relación familiar y laboral. Estuvimos hablando del negocio y lo único que les pude decir fue que me dieran un tiempo para analizarlo todo. Lo estuve pensando y decidí no regresar, las cosas se estaban poniendo muy mal con lo del divorcio y pensé que lo mejor sería cortar por lo sano, antes de que pasara algo más. Así que el sueño de nuestra sala de Uñas y por todo lo que trabajé durante meses se desvaneció a punto de la inauguración que nunca llegó.

Regresé a trabajar al spa donde me recibieron nuevamente con los brazos abiertos.

Pasaron los meses y las cosas se complicaron muchísimo. Él no quería aceptar el divorcio, me acosaba todo el tiempo, al principio le pedí que me dejara sola y se fuera a casa de su mamá. Lo hizo pero al pasar algunas semanas, me preguntó que cuándo podía regresar, que ya había pasado buen tiempo, le respondí que nunca, que la decisión estaba firme y tomada. Me respondió que no era justo que él pagaba la casa y que esa era su casa. Le dije:

—tienes razón, esta es tu casa solo te digo que cuando tú entres, yo salgo—. Y así fue. En las noches que él llegaba a dormir, esperaba que se durmieran los niños y yo salía, dormía en cualquier lado, siempre en casas de amigas y los fines de semana, él no venía así que me quedaba. Yo regresaba muy temprano por la mañana para llevar a los niños a la escuela y ellos no se daban cuenta de lo que ocurría.

Las primeras veces que me fuí, fue un horror, no me dejaba ir, a tal grado de subirse en el cofre del auto para no dejarme avanzar. Fueron shows y un acoso espantoso, hasta que comencé a grabar todo lo que hacía y él dejó de hacerlo.

El tiempo pasaba y cuánto más veía él que mi decisión no cambiaría, más perdía el control. Me encerraba, me quitaba mi teléfono, lloraba enfrente de la gente, llegó a empujarme varias veces ocasionando que me golpeara en todo el cuerpo, cada vez iba aumentando todo. Comenzó a amenazarme diciendo que se iba a matar, me gritaba como un desquiciado con ojos desorbitados.

Me daba cartas de despedida para su familia, y me decía que si le pasaba algo, se las entregara. Fueron casi siete meses de estas situaciones todo el tiempo. Yo había presentado pruebas y conseguí una orden de restricción para la casa y para mí, la cual por supuesto nunca cumplió.

Ya no iba a casa a diario, pero sí tres o cuatro veces por semana y era todo insoportable porque los niños cada vez veían más y más cosas. Le pedí ayuda a sus hermanos, a su mamá, incluso a mi familia.

Tenían que venir de urgencia para que él se tranquilizara.

Con el tiempo comencé a ver que si grababa o le permitía que me dejara mensaje en el teléfono cuando me amenazaba con que se iba a matar y yo lo amenazaba con mostrar sus amenazas, se tranquilizaba. Lo malo fue que después, me quitaba mi teléfono y me encerraba. Tantas cosas pasaron que no terminaría de contarles.

Un día llegué a mi límite y me resigné, le dije a su mamá que si podía pasar la tarde con nosotros porque no quería estar sola con él. Yo estaba tomando un retiro en una iglesia católica cerca de su casa así que pasé por ella después de terminar. Cuando llegamos a casa estaba muy mal, estaba enojado porque un día antes le había llamado a su hermano para pedirle ayuda y su respuesta fue que tomara las cosas seriamente y con madurez y ya lo aceptara. Ese día no le importó que su madre estuviera ahí, estando yo en la habitación no me dejaba salir, forzosamente quería que hablara con él y lo perdonara, yo le gritaba que por favor me dejara salir que no quería estar ahí con él, su mamá estaba en la puerta, diciéndole que me dejara en paz y él no hacía caso, le contestaba unas cuantas groserías a su mamá y a mí terminó diciéndome que nadie lo detendría. Yo contraté a un abogado para pedir su ayuda y lo único que me decía era que ellos todo el tiempo le decían que estaba mal su proceder, que incluso podían meterlo a la cárcel pero él seguía sin hacer caso.

Un día nos tocó a mi princesa y a mí uno de sus ataques de ansiedad. Golpeó paredes, rompió una de ellas y Naty y yo presenciamos todo sentadas en la cama, ella en mis brazos. Entonces le dije al oído a mi nena que dijera que quería ir al baño. Con mi teléfono escondido nos metimos al baño de la habitación, le llamé a la policía, pero él no sé cómo ni de qué manera pudo abrir el baño aunque yo lo tenía con seguro. Cuando entró guardé el celular, pero él alcanzó a escuchar el 911 diciendo: —bueno, bueno—.

Alterado me gritó: —¿A quién le estás llamando?—. Y le dije —a la policía, así que vete porque ya viene—. Él tenía orden de restricción a la casa, así que si la policía llegaba lo podían llevar preso, al escuchar eso salió rápido para que no lo encontraran ahí.

Llegué a temer por mi vida. Siempre pensaba que al estar los niños presentes no lo dejarían hacer una locura, pero una mañana llegó después de haberlos dejado en la escuela, cuando me estaba alistando para ir a trabajar. Estaba sola, vulnerable y comenzó una escena muy desagradable, se puso como loco, lloró, se tiró al suelo, pataleó, se golpeó la cabeza horrible contra la pared, pidiendo perdón y diciendo que se iba a matar. Yo estaba muy asustada pensando que en cualquier momento me haría algo, le dije: —me tengo que ir a trabajar ya se me hizo tarde—. Pero él se interponía en mi camino y no me dejaba pasar. Yo había aprendido a no sacar el celular mientras él estaba cerca, por que lo único que hacía en cuanto veía que lo hacía, era quitármelo porque sabía que lo grababa o le llamaba a su mamá o a la policía. Como pude salí de casa y cuando estaba en la puerta vi a una vecina que ya había presenciado algunas cosas, así que estaba al tanto de lo que estaba pasando, grité fuerte, ¡hola cómo estás! para que volteara a verme y sobre todo para que él se diera cuenta que había alguien más.

Logré subirme a mi auto, temblando de miedo. En algunas ocasiones, no me dejaba cerrar la puerta del auto hasta que le prometía y juraba que seguiría hablando con él más tarde.

Salí de ahí desesperada, llorando. Solo recuerdo la frustración y el miedo que sentí de tener que estar viendo y escuchando a alguien diciendo cosas sin sentido además de amenazarme constantemente. Aquel día decidí que no podía ni quería seguir así, con la incertidumbre de que podía llegar en cualquier momento. Yo dormía con la puerta cerrada con seguro, mi celular escondido debajo de mi almohada o entre mis piernas o cualquier parte de mi cuerpo. Ya no aguantaba más aquella situación y decidí cambiar la chapa de la puerta para que no pudiera entrar cuando quisiera.

Duró solo dos días así, en cuanto se dio cuenta, me llamó y me reclamó lo que hice, estuvo por horas insistiendo en vernos en algún lugar para hablar. Accedí y nos vimos en un restaurante saliendo de mi trabajo.

Ahí nuevamente habló conmigo como todo buen negociador (a eso se dedica) pero no logró convencerme. Cuando vio que no lograba nada con todo lo que me dijo, molesto me pidió las llaves de la casa, preguntando: —¿por qué las cambiaste? Y continúo: —Esa es mi casa y voy a regresar a ella—. Recuerdo también estas palabras: —Un día vas a llegar a la casa y me vas a encontrar muerto—. Me lo dijo con tanta seguridad y mirándome a los ojos, que yo solo le pedí a Dios, en ese momento, que eso nunca pasara.

Mi decisión estaba tomada y él creyó que sería como las veces anteriores que me convencía y lo perdonaba. Eso era en realidad lo que le causaba esos ataques de ansiedad, saber que estaba perdiendo el control sobre mí.

Realmente nunca se imaginó que yo estaba completamente decidida.

Me enfrenté a muchas cosas, a mi familia, a mis padres que no querían que me divorciara, a mi hermana que incluso me llegó a decir que si estaba segura de querer divorciarme por que ellos no me iban a cuidar a los niños para que yo saliera, ni volvería a salir de viaje ni a tener lo que tenía.

Me enfrenté a mis miedos, a mis inseguridades, a dejar mis comodidades y a tantas cosas con tal de que no me siguieran humillando ni faltando al respeto.

Al límite de la locura
Volviendo al restaurante, apenas pude salir de ahí. No me quería dejar ir, aunque le repetí mil veces que los niños

estaban a punto de salir de la escuela y tenía que pasar por ellos, así que me paré y grité fuerte: —¡déjame, ya terminé de hablar y quiero estar sola!—. Algunas personas voltearon, él accedió y se fue. Inmediatamente salí hacia la puerta esperando por la ventana ver su auto pasar pero no sucedió.

Sospeché que estaría por algún lado esperando a que yo saliera. No podía evitar esa sensación de angustia y miedo, mis lágrimas comenzaron a salir y la chica del restaurante me preguntó si me podía ayudar. Esperé un momento y salí corriendo hacia el auto. Por supuesto del otro lado venía corriendo él, alcancé a subirme, y él se quedó afuera golpeando la ventana diciendo que no me estaba haciendo nada, claro que no, él nunca me tocó y siempre me dijo eso, que él no me hacía nada. Yo solo le suplicaba llorando que por favor ya me dejara en paz.

Justo habían pasado siete meses de esa pesadilla cuando terminó rompiendo el cristal de la parte de atrás del auto. No sé cómo pude salir de ahí de prisa. En el camino solo pensé en llamar a su hermano mayor, con quien siempre tuve excelente relación, pero no respondió a mi llamada, después llamé a su hermana y le conté todo lo que había pasado. Yo estaba alterada, desesperada ya no sabía qué hacer. Me dijo que hablaría con él, en eso, su hermano regresó mi llamada y le expliqué exactamente lo mismo. Él me dijo que llamara a la policía y fuera a un albergue.

Fui a la casa, agarré una maleta y puse los uniformes de los niños y los míos y salí de mi casa. Esa fue la última vez que la llamé así: mi casa.

A partir de entonces comenzó otra etapa de esta pesadilla, pero al menos dormí segura y sin tanto miedo.

Mis hijos y yo estuvimos en un albergue por varias semanas, dormíamos con otra familia en un cuarto pequeño. Por supuesto no en las mejores condiciones y mucho menos para unos niños que estaban acostumbrados a una casa, pero le daba gracias a Dios de tener un techo y comida para darles.

A las pocas semanas después de estar en contacto con mi trabajadora social y saber que tenía un trabajo y podía pagar algo de renta, me transfirieron a otro albergue un poco más privado pero aún así con las mismas restricciones donde cobraban una renta módica.

Fuimos mejorando poco a poco. Asistimos a terapia y las cosas legales seguían causándome estrés.

Literalmente, nos quedamos en la calle y sin dinero. Yo ganaba muy poco pues trabajaba pocas horas en lo que los niños estaban en la escuela. Los horarios de más trabajo eran los vespertinos y los sábados, por supuesto eran días en que yo no trabajaba.

Las guarderías eran carísimas y no podía pagar ninguna.

El carro que tenía era ya viejo, a cada rato me quedaba con llantas reventadas y solo tenía dinero para comprar otra llanta igual de usada y mala que la que traía.

Mi cuenta de banco estaba siempre vacía y sobregirada.

Como dicen, toqué fondo, pero estaba decidida a salir adelante como fuera.

Hubo personas que me dieron la espalda, otras que me abrieron su corazón y me extendieron la mano sin esperar nada. En esa etapa todos mis problemas fueron económicos.

Finalmente después de otros largos casi 9 meses de peleas en la corte, logré divorciarme.

Dejé todo y me quedé sin nada. Así como salí, con aquella maleta llena de ropa y un carro que confieso muchas veces fue también mi cama y le llegué a tener cariño, pues no sé qué hubiera hecho sin él. A pesar de no tener dinero para su mantenimiento, jamás se descompuso, solo sus piecitos no aguantaban y necesitaban llantitas, pero su alma (motor) fue la mejor del mundo.

Terminé con una pésima pensión para mis hijos, que si les digo de cuanto era les daría risa, pero fue lo que nos dio su papá, que dijo que tenía que poner algo módico para que el juez no fijara la manutención.

Yo firmé todo como lo quisieron. Creía que firmando el divorcio él me dejaría en paz, pero aunque ya no vivía ahí el acoso continuó.

Mis hijos nunca se enteraron de nada, los protegí como una leona para cubrir cualquier daño que esto pudiera causarles y los seguiré cubriendo.

Negocios y familia ¿que no se puede lograr? Si encuentras el equilibrio adecuado y pones en orden tus prioridades, es posible.

Hoy después de tanta oscuridad estoy en mi amanecer más hermoso.

Han pasado casi siete años desde que tomé la decisión de divorciarme y seis años de estarlo legalmente, durante los cuales, tomé terapia, espiritual y psicológica para poder sanar interiormente y comenzar una vida sin miedos.

Hoy soy una mujer exitosa y empresaria, trabajo como educadora para dos compañías reconocidas mundialmente. Tengo un estudio donde arreglo el cabello a mis clientas y tengo una distribuidora de productos de belleza en El Paso Texas y otra en Ciudad Juárez y por supuesto no puedo dejar de mencionar como logro importante, este hermoso sueño y proyecto que estoy por cumplir. Este libro que usted tiene ahora en sus manos *Resilientes,* con el cual quiero llegar a miles de mujeres para ayudar a cada una de ellas con mi historia.

Actualmente, estoy casada con un hombre espectacular y fuera de serie. Un ser humano extraordinario que me demuestra su amor a cada momento. Atento, trabajador y bondadoso.

Mis dos tesoros hoy ya son adolescentes Marco cumplirá 15 años y Nataly 11 a quienes sigo protegiendo y llenando de amor.

Apenas unos meses atrás, después de siete largos años de luchar por ello, al fin pudimos tener una casa, una lavadora y una secadora. Tenemos un carro mejor y todo esto con mucho esfuerzo y dedicación y por eso nos enorgullece tanto este logro, no porque sea algo material sino porque representa mucho esfuerzo y trabajo.

Esperen mi próximo proyecto. Será un libro donde les contaré acerca de estos siete años de crecimiento profesional y personal y de cómo lo logré.

Este libro va para usted, que está pasando por violencia física o psicológica y tiene miedo de salir de ahí o no sabe como hacerlo porque el terror invade su cuerpo y la paraliza.

Quiero que recuerde que sé lo que siente, que estuve ahí parada en sus zapatos pero hoy parada en los míos, le digo: —hágalo aún con miedo porque más allá de él, están la libertad y el éxito—.

No importa que se quede sin comer un día, después disfrutará manjares acompañada de su estabilidad emocional.

No me arrepiento de nada y lo volvería a hacer todo exactamente igual.

Les invito a que esperen la segunda parte de esta historia y que sigan mis redes sociales para que conozcan un poco más de mí, me encantará conocerles también.

Les mando un millón de abrazos y bendiciones a usted y a toda su familia.

Nos vemos muy pronto.

EPÍLOGO

Quiero agradecerle querido lector por haber compartido a través de estas líneas con nosotras parte de nuestras vidas, que en algún momento estuvieron rodeadas por los más diversos impedimentos y retos. Pero también quiero que guarde dentro de su corazón, que todos nuestros sueños pueden hacerse realidad, no deje de soñar y recuerde que no está solo y que el camino que tiene usted por delante vale la pena recorrerlo con esfuerzo, dedicación y algunos sacrificios porque al final usted se encontrará con la libertad, la paz y la plenitud que solamente disfruta aquel que jamás se dio por vencido.

ACERCA DE PAULINA CECCOPIERI

Nació en León Guanajuato, México, el 23 de mayo de 1985. Tiene cuatro hermanos: Adolfo, Edgardo (finado) Cecilia, y su gemelo Gerardo. Es madre de dos hijos: Marco de 14 años y Nataly de 10. Tiene también dos hijos de corazón, Sebastián de 23 y Santiago de 21 años.

Su gran compañero de vida es Alejandro González.

Completa su familia feliz una perrita pequeña y dulce de tres meses, recién llegada, raza husky llamada mika.

Estudió hasta los 7 años en León, Guanajuato, después cursó la preparatoria en Ciudad Juárez. Estudió un semestre de universidad en la carrera de Turismo y otro de Mercadotecnia, aunque aún conserva la inquietud por esas dos ramas, descubrió la pasión por la belleza en el 2003. En enero del 2015 se graduó en la reconocida escuela de estilismo y belleza Pivot Point en Ciudad Juárez, Chihuahua, México.

Actualmente radica en El Paso Texas, donde revalidó sus estudios en Texas State University para sacar su licencia de cosmetóloga. Después de un largo camino de 17 años dentro de esta gran industria ahora le apasiona compartir todo su conocimiento a nuevas generaciones y actualizar a colegas por todo Estados Unidos, México y Europa.

La frase célebre de su autoría que más la describe es:

«Evoluciona, capacítate, abre tu mente como si fueras a vivir para siempre y vive como si no hubiera un mañana».

La pueden contactar en sus redes sociales Instagram y Facebook como CeccopieriHairdresser.

DEDICATORIA

Este sueño hecho realidad, está dedicado a todas las personas que forman parte de mi vida y me apoyan en cada momento.

A mi compañero de vida, quien me impulsa a volar sola pero también vuela alto conmigo. A mis hijos que son mi motor para seguir adelante. Yo les di la vida, pero ahora ellos son mi vida.

A mis papás, mi inspiración de lucha y trabajo.

A mis hermanos, cada uno tan diferente, pero con lazos tan fuertes que, sin importar nada, ellos siempre están ahí para mí y nunca me dicen no.

A mis sobrinos, amigos y clientas. Es difícil mencionar con nombres a cada uno de ellos, pero ustedes saben quiénes son.

AGRADECIMIENTOS

Agradezco a mis colegas y compañeras coautoras, sin ellas este sueño de vida no hubiera sido posible.

Pero sobre todo y por encima de todo, gracias a Dios por darme la vida, por estar conmigo en los peores, pero sobre todo en los mejores momentos.

GABRIELA OROZCO NOBLE

«Gana fuerza, coraje y confianza por cada experiencia en la que realmente te detienes a mirar el miedo en la cara. Te puedes decir a ti mismo: 'He sobrevivido a este horror y podré enfrentarme a cualquier cosa que venga'. Debes hacer lo que te crees incapaz de hacer».

—Eleanor Roosevelt

CAP. 1

AQUÍ COMIENZA
MI VIDA

Demasiado pequeña para entender algo tan complejo

Parte de la historia se escribe así para mí y no es fácil de contar, pues va de la mano de mi vida personal.

Lo hago con el fin de que si algún día con mi historia puedo inspirar, aunque sea a una sola persona a trabajar por sus sueños, habré cumplido parte de mi propósito en esta vida.

Desde que nací, mi vida ha sido una lucha constante pues mi madre ha sufrido de depresión severa desde que tengo uso de razón.

Fue muy frustrante ver a mi mamá en ese estado. Ella no podía cuidarse a sí misma y yo tuve que asumir el papel de ama de casa ya que mi hermana tenía que trabajar para sacarnos adelante.

Mi hermana Gloria me contó que cuando yo era bebé, a mi madre le alteró tanto que yo llorara que de manera inconsciente, trató de ahogarme con una almohada y como siempre mi ángel de la guarda, mi hermana Gloria me salvó. Así que, aquí estoy abrazando esta vida.

No sé todavía claramente con qué propósito se me han dado muchas oportunidades.

Muy pequeña tuve que hacerme cargo de muchas cosas como cocinar, lavar, hacer la limpieza y encargarme de mis sobrinos ya que la depresión de mi mami era tan tremenda que a veces no se levantaba en días, no quería hacer nada, ni bañarse, comer u otras cosas esenciales.

Desde que tengo memoria me hice cargo de los hijos de mi hermana, les hacía de comer y nos íbamos a la escuela, regresábamos a casa y los ayudaba con las tareas escolares, atendía a mamá, limpiaba la casa y así transcurrían los días en mi pequeña existencia; todo eso forjó en mí, un carácter inquebrantable y fuerte.

Les comparto esta valiosa información: viví muy de cerca la depresión y si mi familia hubiera sabido un poco de todo esto (yo era muy pequeña), estoy segura que habría sido la diferencia en mi niñez.

Quisiera que recuerden que no estamos solos, que Dios pone siempre en nuestro camino ángeles para ayudarnos o somos nosotros quienes podemos ayudar a otros ya que conseguimos una fortaleza nueva, con cada miedo superado.

Depresión o tristeza normal

Tristeza persistente, pérdida de interés en las actividades con las que normalmente se disfruta, así como incapacidad para llevar a cabo las actividades cotidianas, durante al menos dos semanas. ¿Le prende el foquito de alerta algo de esto?

Es natural sentirse decaído o desanimado a veces o estar triste. Todos sentimos esas emociones humanas; son reacciones predecibles a las dificultades y los obstáculos de la vida.

Nos podemos poner tristes porque discutimos con alguien querido, hemos roto con nuestra pareja o un buen amigo nuestro se ha mudado a otro lugar. Nos podemos sentir decepcionados o desanimados por haber reprobado en un examen.

La muerte de una persona allegada nos puede generar un tipo específico de pena: el duelo. La gente consigue sobrellevar estos sentimientos y reponerse a ellos la mayoría de las veces con un poco de tiempo y de cuidado.

La depresión es un estado de ánimo severo que implica tristeza, desesperación o desesperanza y que puede durar semanas, meses o incluso más tiempo, es mucho más que sentirse decaído, triste o con los ánimos por los suelos de forma ocasional, es una enfermedad grave y común, que interfiere con la vida diaria, con la capacidad para trabajar, estudiar, dormir, comer y disfrutar de la vida. Las personas expuestas a violencia experimentan con frecuencia una variedad de reacciones que incluye: ansiedad, estrés, frustración, temor, irritabilidad, enojo, dificultad de concentrarse, pérdida del apetito y pesadillas.

Lea con atención estos datos por favor, puede estar en estas líneas la diferencia entre la oscuridad y la luz, pueden ayudarlo o usted puede ser quien brinde esa ayuda.

En todos los ámbitos de la vida, estar informados y capacitados, puede ser la diferencia de la que surja el cambio. Veo hacia atrás en mi vida y me entristece que mi mamita haya estado en esa situación. Deseo de corazón que estas líneas sean de ayuda para otros.

¿Qué es la depresión según la OMS 2021?

Es una enfermedad que se caracteriza por una tristeza persistente y por la pérdida de interés en las actividades con las que normalmente se disfruta, así como por la incapacidad para llevar a cabo las actividades cotidianas, durante al menos dos semanas. Es una enfermedad altamente discapacitante y además es el segundo lugar de muerte en el mundo.

La depresión no es un signo de debilidad; es una enfermedad que puede tratarse con terapia de conversión, con medicación antidepresiva o con una combinación de ambos métodos.

Las personas con depresión suelen presentar varios de los siguientes síntomas: cambios en el apetito, perdida de energía, necesidad de dormir más o menos de lo normal, ansiedad, disminución de la concentración, sentimiento de inutilidad, indecisión, inquietud, culpabilidad o desesperanza, y pensamientos de autolesión o suicidio.

Según un informe de la OMS, la depresión predispone al ataque cardíaco y la diabetes y destacan que constituye un problema importante de salud pública. Más de 4% de la población mundial vive con depresión y los más propensos a padecerla son las mujeres, los jóvenes y los ancianos. La depresión puede pasar desapercibida y quien la padece no se da cuenta de que lo está. Ya que la autocrítica forma parte de la depresión, algunas personas pueden creer erróneamente que son unas fracasadas, unas malas estudiantes, que tiran la toalla enseguida, unas vagas, unas perdedoras, unas malas personas.

Este mal puede afectar el comportamiento de una persona y se puede confundir con una mala actitud. Otra gente puede creer que la persona no lo está intentando o que no se está esforzando, puede estar irritable, estar muy poco de acuerdo con los demás y enfadarse por cualquier cosa. Esto puede hacer que resulte difícil relacionarse con esa persona y conllevar que los demás la eviten. La falta de energía, motivación, las dificultades para concentrarse generando ideas como: ¡Qué más da!

Algunas personas deprimidas también tienen otros problemas y pueden intensificar sus sentimientos de que no merecen la pena. Por ejemplo, las personas que se hacen cortes en el cuerpo o que padecen trastornos de la conducta alimentaria o que tienen cambios extremos en su estado de ánimo pueden padecer una depresión no diagnosticada.

Busque apoyo y recuerde que todo tiene solución

Muchos comprueban que les ayuda abrirse o confiarse a sus padres o a otros adultos de confianza. El simple hecho de decir algo como: Llevo encontrándome muy bajo de ánimos últimamente y creo que estoy deprimido; puede ser una buena forma de empezar a hablar.

Si un padre o pariente no le pueden ayudar deje que sus amigos y otras personas a quienes les importe le ofrezcan su apoyo.

Ellos pueden:
Escucharlo y hablar con usted, mostrando empatía y haciéndole sentir que lo entienden.
Hacerle compañía y hacer cosas divertidas y relajantes con usted.
Ayudarle a encontrar cosas con que reír o sonreír.
Ayúdese usted mismo.
Pruebe estas sencillas conductas y verá que pueden tener un poderoso efecto sobre su estado de ánimo y pueden ayudarlo a superar la depresión:
Recordarle que las cosas pueden mejorar, y que estará ahí para los momentos buenos y también para los malos.
Ayudarle a ver las cosas buenas de su vida, incluso aunque usted no sea capaz de verlas
Coma alimentos saludables
Duerma la cantidad adecuada de tiempo
Camine, haga algo distinto para hacer ejercicio cada día
Trate de relajarse
Dedique tiempo a fijarse en las cosas buenas de su vida, por pequeñas que sean
Practique yoga, baile, y exprésese de forma creativa a través del arte, la música o escribiendo en un diario. El ejercicio físico diario, la meditación, la luz del sol y las emociones positivas pueden afectar a la actividad cerebral de formas que permiten recuperar el buen humor y el bienestar.
La depresión se puede tratar si sigue los pasos adecuados:
Haga todo lo posible por cuidar de sí mismo.
Acuda a un médico o a un terapeuta.

Y, sobre todo, no espere que la depresión desaparezca sola.

Mi agradecimiento de corazón a toda mi familia que aún sin tener tanta y tan valiosa información o conocimiento de esta horrible enfermedad, se mantuvieron unidos a través del amor alrededor de mi mamá. Dios los bendiga por ello.

CAP. 2

MI MÁS GRANDE PRUEBA

«La pregunta no es quién me lo va a permitir, sino quién va a detenerme».
—Ayn Rand

Algo cambió para siempre dentro de mí

Mi padre era un hombre casado así que casi no nos visitaba, fueron muy contadas ocasiones las que lo vi. El último recuerdo que yo tengo de él fue más o menos a la edad de 13 años, él estaba entrando a un complejo de apartamentos con una señora y un niño pequeño como de cinco años, que ya con el tiempo me enteré de que era mi medio hermano, a quien hasta la fecha, no conozco aún en persona.

Ese pequeño episodio me cambió para siempre pues al ver a mi padre y reconocerlo, le grité: —¡Papá!—. Pero él no me hizo caso dejándome parada. ¿Cómo puede un padre ignorar y dejar a su hija ahí como si no la conociera?

Entró a unos departamentos con su nueva familia y al entender que él me ignoraba, preferí marcharme.

Ya había avanzado como calle y media cuando me alcanzó, me preguntó por mi madre y me dio dinero para que le llevará. Me acuerdo que no me preguntó si yo estaba bien, si iba bien en la escuela o que pasaba en mi pequeña vida.

Ese hecho marcó mi vida y aun lo recuerdo como si hubiera pasado ayer; esa fue la última vez que vi a mi padre con vida y dos años después supe que murió de cirrosis.

A los 15 años me quedé sin padre, bueno no, en realidad nunca lo tuve; todo eso me hizo entender que yo tenía que salir adelante por mis propios medios.

¿Insensible, incapaz de sentir dolor?... no, mi mecanismo de defensa

Cuando él murió, ni una lágrima derramé. A veces pensaba que ya no era capaz de sentir, que todos mis sentimientos se habían ido. Es raro como he bloqueado el dolor. Comencé a enfocarme en mí y me he dedicado a superarme, a ser mejor persona, a salir adelante por mis propios medios y lo he logrado.

Solo que hoy sé que no he sido sola y que Dios me ha rodeado siempre de buenos seres humanos que me han tendido su mano y me han ayudado.

Tengo que prepararme y salir adelante por mí misma

Fui muy independiente y muy lista desde pequeña, era muy popular en la escuela por ser platicadora y tener buen carácter acompañado siempre por una sonrisa, a pesar de los problemas siempre destaqué por mis calificaciones que eran de 10. Participé en muchos concursos de oratoria.

Yo considero que soy rebelde porque soy de carácter fuerte y no dejo que se metan en mi vida u opinen, yo soy mi propia voz.

Para mí todo es una lucha constante y así como hay momentos no tan buenos, hay otros que sí lo son.

A lo largo de mi carrera, he tenido la oportunidad de conocer y platicar con infinidad de gente de todo tipo de creencias; carreras; ricos; pobres; clase media, etc. Cada uno me cuenta una historia increíble. He encontrado a lo largo de mi existencia a individuos de gran calidad y ángeles que me han enseñado e inspirado, como por ejemplo, mi mejor amiga Patricia Hernández que con el tiempo también siguió mis pasos en esta hermosa carrera del estilismo.

CAP. 3

MI INSPIRACIÓN

«Nunca soñé con el éxito, trabajé para llegar a él».
—Estée Lauder

Mi ejemplo, mi orgullo, mi amoroso y sonriente ángel

Uno de esos ángeles que se ha cruzado en mi camino es mi hermana Gloria.

Una persona que hizo mi existencia mejor y es a quien le dedico parte de este libro.

Era mayor que yo 20 años ¡enorme diferencia de edades! Estudió artes dramáticas pero debido a la depresión tan fuerte que siempre padeció nuestra madre, tuvo que dejar la universidad para trabajar y cubrir los gastos de casa, haciéndose responsable de mi mamá, mi hermano y de mí.

Se casó muy joven y tuvo 4 hijos, desafortunadamente se separó de su primer esposo pues tomaba y se gastaba el dinero, así que mi hermana trabajaba todo el día.. Yo me ocupé de sus hijos que en ese entonces eran 4. y siendo yo la más chica de mis hermanos, me encargaba de mis sobrinos, de llevarlos a la escuela, de limpiar y cocinar y del cuidado de mamá desde los 10 años de edad.

Una pequeña aprendiz de mamá

El haberme hecho sentir tan importante en su momento al dejar el cuidado de sus hijos, de la casa y de mi mamá, guiada por ella y sentir su confianza fue lo que me ayudó las veces que me revelaba por tener que hacer todas esas cosas en lugar de salir a jugar como casi todas las otras niñas de la vecindad.

Hoy me queda muy claro, como de la mano de mi querida Gloria, se fue anidando en mi corazón y en mi mente el sentido de responsabilidad que tan amorosamente ella siempre inculcó en mí a pesar de sus regaños y jalones de orejas. Mi hermana cuidó de nosotros, vivíamos en una vecindad con mi abuela materna y mis tías.

Ella se casó por segunda vez y los hijos más pequeños y su esposo ayudaron también.

Te querían de regreso

Cuando mi hermana se rompió la pierna y después de tantas operaciones para recuperarse, le dio cáncer, yo ya vivía en USA y en parte ayudaba con sus gastos pues le prometí que mientras yo viviera, siempre le iba a mandar dinero y así lo hice y al final después de luchar valientemente hasta su último suspiro, perdió la batalla contra esa horrible enfermedad hace un año y medio.

En general toda la familia fue de gran apoyo en la enfermedad de Gloria.

A pesar de todas las dificultades que pasó, ella estaba siempre con una tierna y amorosa sonrisa y una actitud positiva.

Fue como una madre, ¡ah como me regañaba porque siempre he sido muy rebelde!

No he conocido a una persona más resiliente que ella. Era alguien con una inmensa fuerza interior porque después de romperse las manos y la pierna, pasar por infinidad de operaciones dolorosas y otras muchas dificultades, estaba siempre sonriente, era dueña de una sonrisa amorosa y muy dulce que dibujaba en su rostro siempre.

Es la inspiración más grande en mi vida y su legado quedó sembrado y vivirá en mi corazón por siempre y honro su memoria al poner como dicen buena cara al mal tiempo con una sonrisa.

CAP. 4

COMENZANDO A TRABAJAR DE LA MANO DE LA TRAGEDIA

«La mejor vida no es la más larga, sino la más rica en buenas acciones».
—Marie Curie

Responsabilidad

A la edad de 13 años comencé a trabajar, toqué puertas en mi vecindario preguntando si alguien necesitaba ayuda para hacer limpieza, mandados, lavar trastes o quizá barrer el patio para ganar un dinerito.

El ver a mi hermana Gloria tan trabajadora siempre, con ese gusto, con esa sonrisa y sabiendo que había grandes compromisos en casa, fue mi ejemplo. Así que salía con los vecinos sonriendo a saludarlos y ofrecerles mi ayuda y ellos correspondían con un dinerito que era bien recibido en mi casa. Yo barría, lavaba, les ayudaba a limpiar ventanas, sus patios y me di cuenta que recibir pago por el trabajo que hacemos sobre todo llevarlo a casa y ver que ese ingreso se transforma en leche, tortillas o huevos para mí era un motivo de orgullo. Cuando regresaba Gloria del trabajo, yo le platicaba todo lo que había hecho durante el día además de todo lo de nuestra casa, como por ejemplo haber ayudado a Don Juanito a barrer su entrada, le había ayudado a la señora Elena comprando sus tortillas y su mandado y ver la cara de mi hermana con esa sonrisa amorosa diciéndome: —¡Me siento tan orgullosa de ti!— ¡Escucharla me hacía flotar entre nubes! Porque había momentos en que la veía como si fuera mi mamá.

De la mano de Gloria aprendí a ser responsable y a comprometerme en casa, este valor tan importante, lo aprendí de ella.

Era demasiado pequeña para entender lo afortunada que fui al aprender, sin darme cuenta, los principios y valores que mi querido ángel supo inculcar o sembrar en mí con su ejemplo día con día y solo espero poder ser tan buena maestra como alumna fui.

Hoy como mujer adulta, he podido conseguir mis metas y mis objetivos por medio del cumplimiento de mis deberes. Teniendo presente que la responsabilidad empieza por uno mismo.

Amor

Gloria me enseñó a ser paciente, sincera, agradecida, bondadosa, amorosa, a ser humilde y no ser rencorosa, a mostrar empatía para ponerme en la misma situación de alguien que necesite ayuda y poder entenderlo, y ayudarlo cuando es necesario porque es lo mismo que nosotros deseamos, ¿o no?

El deseo de hacer el bien siempre, ser amable y tener buenas intenciones con los demás que en mi habita, viene de su ejemplo.

Ella me enseñó que la alegría y el optimismo existen a pesar de las adversidades que se nos atraviesan, que el amor existe y es el motor que pone a caminar el dar y recibir, el convivir, el compartir, el respetar y el confiar y que el amor es, muy probablemente, uno de los sentimientos más fuertes del ser humano: ¡amor por el arte!, ¡por nuestros seres queridos!, ¡amor por lo que hacemos! a tolerar una incomodidad o una preocupación y a comprender que hay días buenos y días malos, pero pocos problemas sin solución. Que nos hace crecer como personas, y ayudar a que otros puedan educarse con valores es la mejor forma de construir un mundo mejor.

Solidaridad

A los 15 años trabajé en la reconstrucción de mi amado México después del temblor de 1985. Ese día yo me preparaba para ir a la escuela cuando comenzó a temblar, pero no me di cuenta de la magnitud del desastre hasta que estuve en el centro de la destrucción ayudando.

Pude conocer el significado de solidaridad que es el sentimiento y principio que nos permite ayudar a cualquier ser humano en cualquier momento, en especial, en situaciones de desamparo que fue como quedaron todos los damnificados.

Fue un shock tremendo para mí tomar conciencia de la magnitud de lo que estaba pasando y no era más que un poquito de lo que en realidad pasó.

Muchos edificios se cayeron, era tan desolador, ¡sentí tanto dolor en mi corazón!.

En ese entonces requirieron mucha gente para trabajar, mi amiga María Eugenia y yo estuvimos ahí quitando escombros en Tlatelolco, con nuestra carretilla acarreando piedras, pintando y ayudando en lo que se pudiera, fue tan triste ver tanta destrucción en tan solo unos cuantos segundos y constatar la fragilidad de la vida que se acaba de repente.

Te quedas meditando que en un segundo puedes perderlo todo, por eso tenemos que valorarla siempre.

CAP. 5

MIS PRINCIPIOS Y COMO ESTUDIÉ BELLEZA

«Nada hace más hermosa a una mujer que la confianza».
—Sofía Loren

La aventura y la decepción

Después de la separación del primer esposo de Gloria, a quién yo veía como una imagen paterna, él se alejó un año y de repente un día regresó a casa y nos dijo que uno de sus hijos (Edgar) había encontrado la fortuna en Ciudad. Juárez y que tenía una mansión allá.

Esas palabras nos impresionaron «mansión y fortuna» y como consecuencia su hijo y yo emprendimos un viaje a Juárez a buscar la fortuna de la que tanto nos platicó mi ex cuñado José Burgos.

El viaje a Juárez fue en un tren, no recuerdo exactamente el nombre, fueron como dos días y sin embargo una de mis mejores experiencias y que nunca voy a olvidar, aun la conservo en mi memoria. Un viaje hermoso con muchas paradas durante el trayecto, con infinidad de vendedores que en cada parada o pueblito se subían con todo tipo de comida, dulces y artesanías. Me da tanta nostalgia mi México del ayer lleno de tanto colorido y cultura que nos envuelve a cada paso.

Después de esa larga y hermosa travesía al fin llegamos a Juárez.

La tan anhelada mansión no era más que un cuarto y con una cama, una estufa, un ropero, una pequeña mesa y en una esquina él adaptó un catre para mí (me sirvió de cama).

¿Cómo llegamos hasta acá?

Claro, era una casa grande con varios cuartos que la gente rentaba.

Nuestra nueva casa, la mansión, fue un balde de agua fría al ver la realidad, pero ya estábamos ahí y muy lejos de casa ¿Qué podíamos hacer mi sobrino y yo? Nos vimos con cara de incertidumbre ¿Y ahora, qué hacemos?

Los días pasaron y poco a poco nos fuimos adaptando hasta que a mi ex cuñado se le ocurrió la idea de ponerme

a estudiar algo y él escogió Belleza, dijo: —Te va a servir—
.

Con escasos 16 años, no sabía mucho de la vida, lo que siempre supe es que soy terca y determinada y si me retan más.

Ahora le agradezco infinitamente aquel gesto que tuvo conmigo. Él me pagó esta carrera, yo lo consideraba como el padre que yo no tuve cuando se juntó con mi hermana. Tenía yo apenas un año y quizá no fue el mejor esposo para ella, pero a nosotros no nos trató mal, lo digo por mí. Le agradezco el haberme puesto en esta carrera tan bella que me ha llenado de tantas bendiciones y en la que he tenido la oportunidad de conocer y hacer tantos amigos de vida. Mis queridos clientes que son ahora como una extensión de mi familia y que siempre están ahí con una mano amiga. Gracias a todos y cada uno de esos maravillosos seres.

Al comenzar la escuela de belleza no podía saber que en un futuro se convertiría en mi pasión.

La escuela tenía excelentes maestros que nos ayudaban respondiendo todas nuestras preguntas y al mismo tiempo nos hacían amar esta carrera.

Algo que recuerdo mucho es que el maestro nos consiguió la oportunidad de poder ir a practicar dos veces al mes a la Correccional de menores cortándoles el cabello a todos los adolescentes que estaban recluidos. Me impresionó mucho pues era muy triste ver a tanto niño encerrado por diferentes delitos y me ponía a pensar que yo estaba ahí para practicar y cortar cabello pero al terminar podía irme, pero ellos se quedaban encerrados.

La oreja voladora
Otra anécdota surgida durante mi aprendizaje fue que cuando estaba practicando, a mi sobrino Edgar, que era

mi modelo, un día sin pretender hacerlo, le corté la oreja, no toda, pero sí un buen cacho y hasta la fecha se acuerda y me ha dicho que aún le duele. Lo lamento muchísimo y le agradezco mucho que me permitiera cortar su cabello.

Mi estadía en Juárez fue de 14 meses al final de los cuales, me gradué. La fiesta fue tan hermosa, nos tomaron fotos en la catedral donde fue la misa. Para mí fue un gran logro sobre todo mentalmente hablando.

Hubo un momento en donde por poco, no logro graduarme.

Yo extrañaba a mi familia que se encontraba lejos en la Ciudad de México, pero sin dinero y en la escuela no podía regresar.

Un día le llamé a mi hermano Guillermo y le pedí ayuda para regresarme, pero como yo me fui sin su permiso me dijo que me regresara con mis propios medios Yo tenía 17 años y él era muy estricto conmigo, pero yo sé que lo hacía por mi bien ya que yo era (soy) muy rebelde y ante esa negativa no me quedó otra que quedarme a terminar la carrera que hoy amo. Mi hermano Guillermo me impulsó a quedarme y terminar. Lo quiero mucho, mucho.

CAP. 6

REGRESANDO A LA CIUDAD DE MÉXICO

«Les ruego que tengan coraje; el alma valiente puede reparar incluso un desastre».
—Catalina II de Rusia, la Grande

Despegar en mi carrera de estilista me costó un gran esfuerzo

Mis primeros trabajos fueron cerca de la casa en salones de belleza muy pequeños donde comencé a practicar, la sensación de tener unas tijeras en mis manos. Ya graduada, a punto de cumplir 18 años y empezar a desempeñarme formalmente en esta industria, confirmé que nada es fácil, al principio se cometen miles de errores como dicen por ahí «echando a perder se aprende».

Sorpresivamente, me contactó la única hija del matrimonio de mi padre ella es 20 años mayor que yo ya que a mi padre casi no lo trate.

Ya en el lecho de su muerte se acordó de mí y le confesó a su hija que tenía otra hija fuera del matrimonio y le pidió que me cuidara. ¿Ya para qué?

Cerrando un ciclo triste en mi vida

El falleció cuando yo tenía 15 años Mi hermana Amanda O. a la que no conocía, me habló muy bonito de mi padre, quien hasta ese día también era un desconocido para mí. Yo no sabía prácticamente nada de él, estaba enterada que era un contador en Petróleos Mexicanos y que se encargaba de la nómina.

También supe que le gustaba escalar montañas quizá en eso me parezco a mi padre, a mí me gusta escalar obstáculos difíciles en mi camino y también montañas.

Yo conocía pocas historias de mi papá y mi nueva hermana me llevó al panteón a visitar por primera vez su tumba.

Yo a los 18 años ya en formación y haciendo planes acerca de qué camino seguir en esta vida estaba ahí frente a su tumba y por primera vez lloré por él y al fin le perdoné su abandono y así pude curar mi corazón. Estos pequeños episodios marcaron mi vida y dieron formación a la mujer que soy ahora fuerte, independiente y sin miedo.

Una excelente oportunidad de trabajo

A raíz de eso comencé a frecuentar a mi nueva hermana, ella era secretaria en Petróleos Mexicanos así que siguiendo con la tradición, comencé a trabajar en Pemex. Era una excelente oportunidad pues un trabajo de gobierno tiene muchas prestaciones, y aunque ya me había graduado, no podía desaprovechar la oportunidad y durante la semana trabajaba en Pemex y los fines de semana en un salón de belleza. En algunas ocasiones me llevaba mis tijeras y le cortaba el cabello a mis compañeros de trabajo.

CAP. 7

ABRIENDO LOS OJOS EN ESTA BELLA CARRERA

«Prefiero caminar con un amigo en la oscuridad, que sola en la luz».
—Helen Keller

Una época llena de aprendizajes

Alguien muy especial dentro de mi carrera profesional fue, no solamente mi patrón, sino uno de mis primeros clientes como estilista. Era un hombre muy emprendedor del cual aprendí mucho porque era muy buen negociante. Él me enseñó a hacer permanentes y cortes de hombre con mucha precisión. De carácter siempre muy alegre, tenía un sitio pequeño que se mantenía siempre muy ocupado. Los que estábamos bajo sus órdenes éramos un muy buen equipo ya que todos nos llevábamos bien. La mayoría de los que trabajamos ahí estábamos muy jóvenes, así que había mucho bullicio. Rentábamos motonetas que teníamos afuera. Había un segundo piso adaptado como un tapanco de madera el cual funcionaba como guarida para descansar o comer.

El conocimiento que adquirí en ese mi primer salón formal donde trabajé con Alejandro, mi jefe fue muy basto. Él me enseñó a hacer cortes militares, a pulir un corte, a hacer permanentes, etc. Le agradezco haber sido mi primer maestro. Era alguien muy especial, siempre con nuevas ideas de negocios en su cabeza. Hubiera estado feliz de quedarme a trabajar por mucho tiempo ahí pero era hora de seguir avanzando y conocer nuevas técnicas, entonces me cambié a otra zona mejor aunque me quedaba más lejos de casa.

Me fui a un salón, en el cual te entrenaban a trabajar en parejas, entre dos personas se atendía a cada cliente. De esa manera entre dos estilistas hacíamos los rayos, permanentes y colores. todo tenía que hacerse con mucha precisión. Me tuvieron practicando en una máquina y un maniquí por cuatro meses, antes de estar en el piso atendiendo al público. Recuerdo que me mandaron a infinidad de cursos y entonces mi mente y ojos se abrieron más a lo vasta que es esta hermosa carrera y gracias a salir de mi zona de confort y comenzar a conocer todo lo que abarca el estilismo, tuve la oportunidad de tomar muchos talleres con las marcas, Wella, Alfaparf y Loreal. En las escuelas que ellos tienen en la ciudad de México obtuve muchos diplomas de todo lo que estudié ya que en esta profesión nunca se deja de aprender. Algo que me enseñaron que aun trato de aplicar es tener toda tu estación impecablemente limpia y también cuando haces color a una clienta no mancharla ni tampoco a ti, no debes de tirar ni una gota de tinte cuando estás trabajando. Ser profesional cuidadoso y limpio fue algo que aprendí en uno de los cursos de Wella y hasta la fecha lo aplico en mi día a día.

Mi mundo se comenzó a expandir después de trabajar en ese salón. Luego fui parte del equipo de un estilista exclusivo de la marca Loreal, quien era dueño de cuatro estéticas; una de ellas en la zona de Polanco. Ahí estuve como aprendiz, ya que él era el artista y en ese entonces cobraba por su corte $300 pesos, cuando el costo en un salón regular era de $25 ¡que gran diferencia! La ventaja de trabajar ahí fue que nos mandaba todo el tiempo a capacitarnos así que le agradezco todo ese conocimiento que me regaló.

Dios pone a la gente correcta en tu camino para superarte y aprender de ellos. En ese salón, en cuanto entraba la clienta se le daba la bienvenida, se le ayudaba a quitarse el abrigo, se le daba ropa con el logotipo del salón y unas sandalias especiales y se le ofrecía vino, café, té, agua o jugo y se les trataba como reinas; fue muy bonito trabajar ahí.

A veces lo íbamos con él a los eventos, ayudando a preparar a las modelos. Fue una experiencia maravillosa y llena de colorido. Siempre quise ser como él y trabajar en plataformas enseñando a grupos, ese mundo de fantasía de nuestra hermosa carrera.

Aprender y tomar cursos me dio otra visión a mi querida carrera, y me enseñó a estar siempre actualizada y no quedarme estancada en un solo lugar.

El peine salvador

Voy a contar algo que me pasó más o menos por aquel tiempo:

Regresaba del trabajo. En ese entonces se usaba el fleco con crepe tipo de los 80´s y yo siempre traía en mi bolsa un peine que le llamamos de cola, con la punta de metal. Esa noche al bajar del transporte público yo tenía que caminar aproximadamente ocho calles para llegar a mi casa. Otras personas se bajaron en la misma parada y comencé a caminar en el lado derecho de la acera y otro hombre comenzó a caminar del lado izquierdo. Él aceleró el paso, después se cruzó al lado derecho y se dio la vuelta al final de la calle y cuando yo di vuelta, él me estaba esperando escondido, yo tuve un mal presentimiento y saqué mi peine de cola de la bolsa. Cuando di la vuelta el rufián me quiso agarrar del cabello para tirarme pero no pudo, la mano se le resbaló, entonces yo saqué mi «peine salvador» y traté de picarlo con un movimiento rápido, él se dió cuenta y yo creo, que porque no me vio con miedo y se dio cuenta de que estaba dispuesta a defenderme se fue. Yo estaba aterrada y corrí lo más rápido que pude para llegar a mi casa. Mi peine me salvó aquel día. De la misma manera me siguen salvando en cada corte, cada peinado y color que realizo es increíble la fuerza que tiene un peine.

Trabajé unos siete años en la ciudad que me vio nacer, la hermosa Ciudad de México.

A la par de trabajar en el salón los fines de semana, lo hice para Pemex tres años y en mi tiempo libre, comencé a hacerme de clientela personal y a veces hacía cortes a domicilio. Nos anunciaron el cierre de la planta donde trabajaba así que casi 5,000 personas nos quedamos en el limbo. Fue en ese momento cuando comencé a trabajar de lleno en la industria del cabello.

Mi mejor amiga, Paty Hernández, me invitó a ir a vivir a los Ángeles California, en ese entonces, las dos habíamos terminado con nuestros respectivos novios y nos fuimos a vivir a California.

La experiencia de estar en un país desconocido con un idioma totalmente diferente, no fue nada fácil, como no lo fue vivir tan lejos de casa y de la familia, comenzar de cero en un lugar con cultura, comida, costumbres diferentes a las mías y todo por alejarnos de los novios. Al llegar trabajé de mesera porque me daba mucha vergüenza y miedo por no hablar inglés, pedir trabajo en un salón de belleza. Un día me animé y fui a pedir trabajo en uno, ya que extrañaba ejercer mi profesión; estaba en el corazón de los Ángeles se llama Spunk y la dueña excelente persona se portó súper conmigo.

En ese salón me pasaron dos cosas de las que todavía me acuerdo. Un señor americano siempre iba a que se le diera solamente shampoo, a mí me parecía muy extraño y después de tres o cuatro veces de haber regresado por su habitual shampoo, me di cuenta de que al momento de estar en ese proceso, él se estaba tocando sus partes íntimas. Me dio tanta rabia y asco que le dije de inmediato a la dueña pero ella no intervino, yo creo que ella sabía. Estaba tan enojada que casi lo corrí, el hombre nunca regresó.

Otra cosa que me pasó en ese mismo salón fue que conocí a un maravilloso hombre, Richard, una persona muy importante que en cierta forma marcó mi vida, pues con él supe lo que es vivir como una reina y a no preocuparme de nada económicamente hablando.

Yo tenía como cinco meses de haber llegado a USA, no hablaba inglés, me daba vergüenza entablar conversación con los clientes y casi siempre trabajaba callada. Un día llegó un hombre oriental, después supe que era coreano, criado sus primeros años en Argentina por lo que hablaba un poco de español. En cuanto lo vi entrar por esa puerta con esa seguridad y ese porte me sentí muy nerviosa al atenderlo. Le corté el cabello unas cinco o seis veces, siempre callada, hasta que una compañera del trabajo bromeando le dijo refiriéndose a mí: —No tiene novio—. En ese momento quería esconderme en donde fuera, él solo se río pero yo me puse como tomate; me hizo algunas preguntas y después me dio la tarjeta de su negocio.

Él y sus dos hermanos, eran dueños de una fábrica que estaba ubicada cerca del salón. Un día me pregunto con quien vivía yo le dije que con mi mejor amiga y su familia pero que me quería independizar pero no sabía cómo, porque no tenía mucho de haber llegado a los Ángeles.

Un día él llegó y me dio la sorpresa que sin ser nada mío, me rentó un apartamento, le puso un poco de muebles y compró víveres; yo no entendía porque sin conocerme, él estaba haciendo todo eso por mí, yo había tenido muy buenos novios antes pero no estaba acostumbrada a algo así. Me dejaba en las tiendas y me daba dinero para comprarme lo que yo quisiera. Ya siendo su novia me fui a vivir con él, me mimaba tanto que yo no podía creer que eso me estuviera pasando a mí. Con el tiempo yo me sentí como un pajarito en una jaula de oro porque él no quería que yo trabajara ni tuviera amigos. Me la pasaba todo el día encerrada, no hacía nada, solo ver televisión con él, Viajé, jugué golf, conocí cosas nuevas, fue una etapa muy bonita pero me hacía falta algo. Como mujer inquieta y acostumbrada a trabajar, sentí que estaba perdiendo mi identidad y mi libertad y tuve que escoger entre el amor y mi carrera, así que lo dejé y regresé a la ciudad de México. Seguí trabajando en mi profesión, la cual me ayudó a sacar mi visa.

Tiempo después encontré a otra persona importante en mi vida que también dejó huella en ella de diferente manera. No entraré en detalles, pero la manera en que él me trató, me hizo caer y levantarme cientos de veces. Cuando pensaba que ya no tendría fuerzas para reponerme, mi espíritu de lucha me ayudaba una y otra vez. Con el viví en Denver por muchos años. Me regaló lo más preciado que tengo que son mis hijos, mi motor de vida lo cual agradezco.

Al principio no podía trabajar tiempo completo ya que mi hermosa bebé Diana estaba pequeña. Me salía con mi maletita a buscar clientas cerca de casa. Después mi esposo me dio permiso de trabajar medio tiempo y comencé a laborar en un salón en Denver.

Mi primera jefa en Denver fue una linda persona, Sofy. Ella me abrió las puertas de su salón a donde conocí a excelentes personas: Reyna, Alejandra, Cuca y Luis Alejandro, mis compañeros de trabajo. Con ellos viví hermosas experiencias y aprendí mucho de cada uno. Me establecí en Denver, sus paisajes, montañas y clima me enamoraron y también he encontrado grandes amigos que se han quedado para siempre en mi corazón.

Tengo dos historias de esta etapa: estaba súper embarazada de mi segundo bebé Ángel, en ese entonces todavía no teníamos carro y usábamos el transporte público. La parada del autobús estaba al cruzar la calle y Luis, mi amigo, tan bromista y excelente persona, se reía al verme corriendo desde la ventana con mi panza gigante, pues me veía muy graciosa y a él le gustaba observar con la agilidad con la que yo corría.

Otra historia de ese salón fue que yo dejaba a mi hija Diana con la nana que la cuidaba y un día se le salió de la casa y mi chiquita caminó una cuadra. Gracias a Dios y el universo no se atravesó la calle, sino que caminó por la misma acera y la niñera se dio cuenta enseguida, fue a rescatarla y ese día fue el último día que me quiso cuidar a mi nena.

Era una pequeñita muy lista, que ahora tiene 23 años y es además de mi hija, mi mejor amiga, una bendición en mi vida.

Poco tiempo después, Alex, quien laboraba conmigo, puso su propio salón y me fui a trabajar con él. Era una persona entrañable. Con él aprendí lo que es ser fuerte y perseverante. Él dejaba toda su alma en el trabajo y lo hacía con tanta pasión que me inspiraba. Aprendí tantas cosas buenas y le agradezco el haberse cruzado en mi camino. Tengo sus consejos presentes. Trabajamos juntos por 10 años y fue mi mejor amigo. Pasábamos todo el tiempo juntos. Teníamos muchas diferencias y los dos somos de carácter fuerte y explosivo pero hacíamos un excelente equipo y yo lo respetaba como profesional. Intercambiamos conocimiento pero desgraciadamente el cáncer le ganó la batalla. Una gran pérdida que aún me duele, lo recuerdo con mucho cariño.

Quiero compartir con ustedes con mucho orgullo unas líneas que mi hija Diana me escribió:

Te amo y me siento muy orgullosa de ti

Cuando era joven, el salón era mi hogar lejos del hogar. Mi mamá siempre nos llevaba a mi hermano y a mí al trabajo porque no tenía otra forma de cuidarnos y no quería dejarnos solos en casa a una edad tan temprana.

Tengo gratos recuerdos de mi mamá, compañeros de trabajo y clientes interactuando conmigo y haciéndome reír.

Me encantaba cuando mi mamá me rizaba el cabello cuando tenía tiempo libre o cuando su compañera de trabajo me arreglaba las uñas.

A medida que crecía, ir al salón era como mi propio tiempo de terapia personal con mi madre. Cada vez que estaba triste, mi mamá me llevaba y me arreglaba el cabello.

Mi mamita pasó por muchas cosas en su vida y crió a dos adolescentes como madre soltera. Siempre admiré lo resistente que era ella y cómo siempre tenía algo positivo que decir, incluso cuando no se sentía muy bien.

Verla hacer felices y seguras a otras personas me inspiró a hacer muchas cosas en mi vida. La escuela de belleza es el comienzo de todas las que quiero hacer, proyecto en el que mi madre siempre me ha apoyado.

Mi mamá es mi mejor amiga y siempre ha querido lo mejor para mí. No importa cómo me sienta, sé que siempre puedo acudir a ella y que me ayudará de la mejor manera que pueda.

Es una inspiración no solo para mí, sino también para muchas otras personas a su alrededor. Sus clientes la aman y la respetan, ella hace sonreír a todos los que conoce con su energía magnética.

Estoy orgullosa de poder decir que una mujer fuerte como mi mamá me ha criado. Sé que mi familia tendrá éxito y tengo que agradecerle a ella por darme tan buen ejemplo.

Otra persona que siempre estará en mi corazón es Luisito. Todo el día se la pasaba bromeando con una risa tan contagiosa, con su actitud positiva y su luz iluminaba el salón, gracias por existir.

Alejandra, excelente amiga hasta la fecha lo que recuerdo de ella es que se la pasaba hablando muy rápido, gran persona de noble corazón.

Reyna, tan bonita como siempre. Aprendí mucho de ella. Excelente persona. Lo que recuerdo de su salón es la buena vibra de todos los compañeros, ahí nunca faltaba ni la comida ni las risas.

En ese salón conocí a una persona que ha sido una bendición para mí: Normita, gracias por existir y estar conmigo en momentos oscuros para mí. Ella me vendió un carro que aún conservo.

En el lugar en el que estoy actualmente, lo único que queda es agradecer por las bendiciones que tengo en mi vida. En mi profesión sigo aprendiendo lecciones importantes de cada persona que atiendo y creo, sin temor a exagerar que reúno como cien profesiones en una:

1) Consejera espiritual
2) Psicóloga
3) Consejera matrimonial
4) Amiga
5) Chef
6) Cómo cuidar niños
7) Cómo cuidar el cabello
8) Cómo cuidar el cuerpo
9) Cómo cuidar la mente
10) Etc., etc., etc.

Podría contar miles de esas historias que los clientes me cuentan, y para hacerlo, tendría que escribir una enciclopedia, pues muchas de esas anécdotas, me han impactado y me han hecho crecer como ser humano. No digo que soy perfecta, como todos, cometo errores pero a manera de parábola, quiero compartir una de esas historias que me impactó mucho: llegó un cliente muy deprimido y en nuestra plática me contó que se estaba divorciando, que había perdido a su familia y tanta era su depresión que tenía ganas de morir. Yo tomé una pausa en mi corte y hablé muy seria con él, le hice ver que los problemas solamente son temporales y que todo pasa; que el tiempo lo cura todo, que estamos aquí por un propósito y a veces la vida nos pone a prueba y en el camino todo dolor es pasajero, lo importante es superar esas pruebas.

Él agradeció mis palabras y mi tiempo y se fue. Sigue siendo mi cliente.

Moraleja. «La vida es un circo, abrázala, sonríe y sé feliz».

Esta historia continuará …

EPÍLOGO

La vida es como un gran teatro donde cada persona es su propio protagonista.

Abraza tu hermoso espectáculo llamado vida, lucha y aprende pero sobre todo, disfruta al máximo cada vuelta y marometa.

Agradece las caídas, subidas y bajadas del grandioso circo de la vida y ríe, sueña y no pares jamás de hacer lo que te plazca.

Párate de manos haz cosas diferentes y jamás te detengas por el qué dirán.

Vive al 100% este maravilloso tiempo que se nos regala en nuestra madre tierra, recuerda: no hay límites.

ACERCA DE GABRIELA OROZCO NOBLE

Gabriela Orozco Noble, nació en la ciudad de México donde vivió hasta los 23 años.

Sus padres son Luisa Noble y Lorenzo Orozco Luna. Es nieta de Absalón Noble, emigrante Inglés y Rosa Palma.

Tiene tres hermanos: Gloria, Amanda y Guillermo.

Estudió la preparatoria en el Instituto Mexicano del Petróleo y en su adolescencia también practicó gimnasia y danza.

Cuando se le presentó la oportunidad de entrar a trabajar a Pemex, ya había terminado la carrera de estilista. Desafortunadamente cerraron la planta y ella retomó su trabajo de estilista durante dos años.

A los 24 años tuvo la oportunidad de ir a Estados Unidos durante una temporada, hasta que finalmente decidió quedarse trabajando en Spunk salon y Beauty Emporium en Los Ángeles.

Después de un año se fue a Denver Colorado donde radica hasta la fecha.

Tiene dos hijos: Diana Laura García, quien siguiendo sus pasos, se graduó recientemente también como estilista y Ángel Uriel García a quien le gusta el arte culinario y está descubriendo su camino profesional.

Le apasionan dos cosas: su trabajo y su familia, a la que ama por sobre todas las cosas.

DEDICATORIA

Dedico esta obra a mi mayor inspiración en la vida, mi hermana Gloria.

A mis padres, a mis hijos, a toda mi familia, a mis clientes que amablemente me buscan porque les gusta mi trabajo, a toda la gente que en algún momento me tendió una mano, a Dios y al universo por permitirme nacer en este tiempo con un solo propósito: ¡el de existir!

Gracias.

AGRADECIMIENTOS

Agradezco a todas las personas que se han cruzado en mi camino, me hayan dejado una enseñanza, pues todo tiene un propósito y una razón.

Al padre de mis hijos por mis más bellos regalos, Diana y Ángel.

Te doy gracias por haber estado en mi vida y haber sido, una gran enseñanza ya que gracias a ello surgió la mujer fuerte que soy ahora.

A toda mi familia gracias, aunque de lejos, los llevo a cada uno de ustedes en mi corazón, los amo.

Gracias a todos mis clientes y clientas que han sido una gran bendición en este viaje llamado vida. Les agradezco toda la paciencia al dejarme trabajar con mis manos mágicas en ustedes.

AGRADECIMIENTOS ESPECIALES

A Normita Gallegos por empujarme a escribir mi historia en este bellísimo libro, ¡Gracias hermoso ser!.

A mi hija Diana Laura García, mi inspiración. Todo mi amor para ti, por ser mi apoyo incondicional, una personita fuerte y con un hermoso corazón, inteligente y noble.

A mi hijo Ángel Uriel García, a quien adoro tanto como a su hermana. Él es el gracioso de la familia. Amo tu risa y tu positivismo.

A todos mis colegas estilistas que se han cruzado en mi camino y de los cuales he aprendido siempre algo.

A todas mis amigas, como Patricia Araujo, que también es maquillista.

A mi mejor amiga desde los 17 años Patricia Hernández.

A mis amigos.

Al fotógrafo Diego Carrillo.

NORMA ALICIA GALLEGOS

«Tu niño interior lo tiene todo, lo cree todo, lo espera todo y es el único guardián digno de tu corazón. Por favor, no crezcas».
—Andrea Balt

CAP. 1

DULCES MEMORIAS

Mi niña

Al cerrar mis ojos pongo silencio en mi mente, meditando me conecto con mi yo interior y mis pensamientos viajan a mi encuentro.

Tengo únicos y últimos recuerdos de mi padre Jorge Abel Navarrete, un hombre guapo elegante, con un tono de voz dulce, tranquilo y sereno.

Le gustaban los negocios, vivimos en casas muy bonitas en diferentes lugares; la última que recuerdo estaba en Culiacán, Sinaloa.

Viene a mi memoria cuando nos llevó al salón y le cortaron el cabello a mis hermanas Irma y Aydee. Yo con 5 añitos solo observaba. Tengo esos leves recuerdos en mi mente. Mi papá se despidió de las muchachas y me levantó en sus brazos. Él tenía una sonrisa muy hermosa y era muy coqueto. Al darme cuenta de que no me habían sentado donde sentaron a mis hermanas y que ya nos retirábamos del lugar me puse a llorar y mi papá se regresó, me subió a la silla y la muchacha muy amable me peinó; yo me sentí soñada. No recuerdo de qué color era mi vestido, pero si mis zapatos, eran rojos.

Esas felices vivencias llegan a mi memoria siempre cuando tengo la bendición de cortar el cabello.

Cuando les corto el cabello a las niñas, yo siempre las peino haciéndoles algún tipo de trenza pues son mi especialidad y me fascina ver la cara de mis pequeñas clientas cuando les muestro el corte y el peinado ya terminados. Ellas me regalan una sonrisa y amo el brillo en sus ojos y las miradas tan lindas que me obsequian.

Surgió la magia

Sigo recordando y al escribir y hacerlo, revivo cómo empezó esta magia qué hay en mí y que hoy realizo con tanto amor.

La última casa donde viví, recuerdo que era muy grande. Teníamos columpios pero esa tarde algo decisivo pasó porque mi mamá, mis hermanos y yo, nos fuimos a vivir con mi abuela Vicenta.

Solo la observaba a lo lejos, ella no era cariñosa conmigo. Se sentaba y peinaba su cabello largo y hermoso, blanco mezclado con uno que otro todavía negro y luego se hacía una trenza. A veces mis primas la peinaban.

Por aquel tiempo, empecé a ir a la primaria, algunas veces, mi hermana Irma me peinó con el cepillo de mi nana Chente, ¡tengo grabado en mi mente aquel cepillo de mi nana! Yo esperé para pedirle que me dejara peinarla y ella dijo que sí. Yo amaba hacerlo y a mis 6 añitos ya dominaba la trenza de tres cadejos. Estaba muy pendiente de cuando mi nana se iba a bañar para agarrar el cepillo y ganarles a mis primas. Pero cuando me mandaban a un mandado, regresaba y encontraba a mi nana ya peinada con trenza, para mí ese día ya no era bueno, pues me frustraba y me ponía triste.

Al poco tiempo llegó a mi vida una princesita hermosa, la niña más linda que mis ojos habían visto. Era tan blanca con sus ojitos de color, era tan tierna y frágil. Me encantaba escucharla llorar, era una bella melodía una canción hermosa. Era la nieta consentida de mi nana, mi hermanita Mayra Janeth Navarrete. Mi abuela Chente la llenaba de muchos cariños y al escucharla me emocionaba mirar cómo la abrazaba y llenaba de besos, yo ya tenía otra modelo para peinar, ella era mi muñequita.

«En mi alma, todavía soy ese pequeño niño que no le importa nada más que los colores de un arco iris».

—Papiya Ghosh

Mi amada Chente me habla en silencio

Después mi nana era la que me buscaba para que yo la peinara y yo lo disfrutaba, me encantaba que me lo pidiera pues me hacía sentir especial. Era linda esa sensación al ver a mi nana tocarse su trenza contenta y al parecer le gustaba, no recuerdo que me dijera gracias. Pero en esos hermosos ojos y esa mirada profunda vi su agradecimiento.

Aquel momento al estar plasmando en mi mente, me llena siempre de amor al recordar la mirada de esa bella mujer de ojos azules y presencia única; ella nos dejó bonitas huellas de amor. Mi nana Chente fue una estrella fugaz en nuestras vidas.

Siempre y por siempre amaré a nana, la honro. Gracias, gracias, gracias, por darle la vida a mi madre, por amar incondicionalmente a mi hermana y por ser mi primer modelo en esta bella carrera de estilista.

Gracias por enseñarme a peinarla y por guiarme con amor y aprender a hacer su bella trenza.

Recuerdo que un día, cuando estaba a punto de terminar su trenza, le dió un calambre, dejó de trenzar y sobó su pierna. Retomando emocionada la trenza, sentí su cabello en mis manitas y fue una sensación única, es el más bello recuerdo que tengo de mi nana.

Sus ricos desayunos y caldos de pollo eran memorables.

Nosotros los seres humanos vivimos en automático. Pero cuando se toma la decisión de plasmar nuestro aprendizaje de vida, se comienza a vivir con conciencia y se valora mucho más la vida y aquellas hermosas experiencias vividas.

En este momento me siento tan feliz y agradecida con la vida por tener el privilegio de recordar y plasmar parte de mi existencia.

Gracias por leerme y por tomar parte de su bello tiempo para hacerlo. Mi alma bendice a su alma y la magia que habita en mí, empieza a ser realidad en esta bella carrera de estilista.

«Una de las cosas más afortunadas que te pueden suceder en la vida es tener una infancia feliz».

—Agatha Christie

CAP. 2

MI HEROÍNA

«Lo que uno ama en la infancia se queda en el corazón
para siempre».
— Jean-Jacques Rousseau

Siguiendo tus pasos y ejemplo

Mi grandiosa y bienaventurada prima Martha Velarde Flores es hija de mi tío Pedro, un varón lleno de energía y amor por su familia y de mi amada tía Saturnina.

Mi prima Martha lo realizó todo con éxito graduándose de estilista y convirtiéndose en la primera profesional en esa área en la familia.

Abrió su propio salón en mi bello pueblo Estación Naranjo, Sinaloa, México. Siendo uno de los primeros salones del pueblo donde habita gente hermosa, emprendedora y alegre, la mayoría tan platicadores como.

Poco tiempo después siguió sus pasos como estilista su hermana Flora y con orgullo les comento que, a la fecha, su salón existe todavía. No en el mismo local pero si por la misma calle principal de mi bello pueblo.

Cuando mi mamá me mandaba a las tortillas o por algún mandado yo rodeaba dando una vuelta muy grande para pasar por el salón de mi prima Martha y me quedaba minutos parada observándola. Ella siempre estaba muy bien arreglada y maquillada con sobriedad; ¡era perfecta! Su sonrisa reflejada en su cara y platicando amena con su cliente en turno. Me fascinaba verla ¡Con cuánta habilidad y rapidez cortaba el cabello! Y realizando los movimientos exactos con el peine y las tijeras, me parecía realmente asombroso, era mágico, la admiro tanto a ella que sin duda es mi heroína favorita.

Le preguntaba si podía barrer el cabello, ella decía que sí y yo lo hacía contenta.

Mi pequeño corazón se desbordaba de emoción y un día me armé de valor y le pregunté si podía ir los sábados y domingos a ayudar a barrer pues yo sabía que eran días muy ocupados.

La responsabilidad por delante y antes que nada.

Ella me contestó que sí y que si no había problemas con mi mamá, podía ir. Me puse feliz, pero imaginar la reacción de mi mamá y que tal vez me dijera que no, me provocó tristeza y miedo pues yo era la que cuidaba a mis pequeños hermanos gemelos Gerardo y Eduardo y a mi pequeño hermanito Dustin. Dándome ánimo yo misma, preparé todo aquel día más comedida que de costumbre, más rápido realicé los quehaceres de la casa, preparando el momento en que mi mamá estuviera relajada y con buen ánimo; entonces, me le acerqué y le pedí permiso, grande fue mi sorpresa cuando dijo; —sí—. Pero tenía que dejar todo bien, sin descuidar mis responsabilidades.

Yo quise abrazarla emocionada, era un día viernes y al día siguiente comenzaría.

No me gustaba que llegara la noche, pues siempre me embargaba un sentimiento de miedo de que una fea pesadilla recurrente me atormentara. Empezaba como un pequeño sonido... como si tocaran un tambor. Despacio y poco a poco más y más alto, hasta que un gran trueno me despertaba, ¡era horrible y agobiante! Siempre la tuve; pero aquella noche con la emoción y la inquietud más bien fue un bello sueño, yo sentí cómo mi estómago se apretaba de felicidad.

Aquel sábado, me presenté al salón bien arreglada, impecable diría yo, pues siempre desde niña, me gustó verme bonita y en ese sentido siempre he sido muy especial y exigente conmigo misma.

Fue tan maravilloso que ni hambre me dio, al llegar, muy amablemente me ofrecieron mis primas de comer pero yo no quise.

Mis ojos no perdían de vista sus manos, siempre con movimientos precisos, con tanta rapidez mientras realizaba el corte. Nos acompañaba también su hermana Flora, una muchacha hermosa con una alegría única y bellos ojos de color. Su cara era perfecta Flora siempre estaba riendo y platicando. Al momento de hacer algún corte de cabello, reía y charlaba y yo mientras tanto, emocionada, la observaba.

Una tras otra, las preguntas en mi mente se atropellaban:

¿Cómo es que no se corta sus dedos ¿Cómo sabe dónde debe cortar?.

¡Wooooow era algo que me tenía perpleja! Y una y otra vez me decía yo a mí misma: —Yo quiero hacer lo mismo—.

Empecé a concentrarme en ello y estuve muy atenta hasta el mínimo detalle de cada corte que realizaban Martha y Flora.

Pero cuando necesitaban algo y tenía que salir del salón para hacer alguna compra, me iba corriendo pues sentía que perdía tiempo en no estar presente cuando daban el acabado del tinte o del corte.

Poseer un don y agregar: esfuerzo, sacrificio, preparación da como resultado: magia.

Cada noche mi último pensamiento antes de dormir era yo cortando cabello como Martha o como Flora, ¿cómo empezaría el corte?, y, ¿cómo sería el acabado?

Las pesadillas que me atormentaban desaparecieron poco a poco. Ya no tenía miedo a la hora de dormir, al contrario, amaba ir a dormir pues mi mente realizaba magia a través de mis pensamientos. Me inventaba historias yo vestida con mandil y tijeras en mis manos, ahora eran mágicos mis sueños.

Durante la semana en la escuela en mi hora de descanso, yo llevaba peines y ligas y les hacía trenzas a mis compañeras.

Llegó el fin de año y las vacaciones y yo me sentía feliz, pues ya podía ir todas las tardes con mi prima al salón. En una ocasión, Martha y Flora salieron a comprar algo que faltaba pues no había clientes, el salón estaba solo y me dejaron cuidándolo. Entonces llegó mi tío Pedro preguntando por su hija, yo le contesté que no tardaba y pronto regresaría. Él dijo: —Me quiero cortar el cabello, me voy a Guasave—. Se observó desesperado frente al espejo y le sugerí: —tío se lo corto—. Se quedó pensativo dando por hecho seguramente que solo lo iba a peinar y me dijo que sí, pero yo inteligentemente tomé las tijeras que ellas ya no utilizaban y empecé el corte. Mi tío cerró los ojos, yo pensé que estaba cansado. Aún era muy pequeña y con trabajo apenas alcanzaba su cabeza, lo peiné le puse gel y talco, se miró al espejo y sonrió. —Ya te enseñaron— me dijo. Yo sentía tanta seguridad en mí que me sentía orgullosa de no tener miedo y hacer un excelente trabajo con mi tío. Cuando llegaron mis primas, se pusieron muy contentas con mi logro.

Después de ese día, ya me dejaban lavar el cabello y rasurar a los muchachos, a los que en ocasiones cortaba (sin querer, claro) pero yo con mucho miedo les ponía mucho talco para que mi prima no viera y ellos no decían nada. Yo con mis ojotes, les ponía la misma cara del gato de Shrek.

CAP. 3

CUMPLIENDO MI SUEÑO

«Ni el pasado existe ni el futuro. Todo es presente».
—Gonzalo Torrente Ballester

Mi primera gran decisión

Llegó el momento de entrar a la secundaria y yo sentía que perdía mi tiempo. No me concentraba, eran muy largos los días y a mitad del año tuve una plática con mi mamá y José su esposo, sobre mi inquietud de cómo me sentía y lo que me gustaría estudiar. En Guasave, como a una hora de distancia de mi pueblo, hay organizaciones por parte del gobierno del IMSS o DIF que dan cursos gratis para estudiar cosmetología, repostería, corte y confección y ellos me dijeron que si estaba segura en dejar la secundaria me apoyarían. Yo quería ser estilista y me decidí por cumplir mi anhelado y bello sueño. En un principio, no me sentí cómoda e incluso me pareció aburrido; pues era leer y leer y escribir. Era demasiada teoría, yo lo que quería era practicar, pero los fines de semana cuando visitaba a mi hermana Irma que vive en Ruiz Cortinez, los tíos de Guillén Villegas, el esposo de ella, me pedían que les cortara el cabello yo feliz y emocionada lo hacía.

Valeriano y Benjamín Villegas fueron mis primeros clientes, tres pesos les cobraba el corte de cabello pero ellos siempre me daban cinco pesos cada uno. Los vecinos me miraban cortar cabello y también pedían el suyo.

Hoy estoy acudiendo a mi memoria para recordar que siempre he tenido esa luz en mí y lo tremendo que es no reconocerla como nuestra, pero nunca es tarde, hoy me examino y contemplo lo grandiosa que soy.

Por fin, amadas manos, ¡hagamos magia!

Pasaron los dos primeros meses de teoría, luego los exámenes y por fin llegó el momento de practicar. Fue realmente un gran acto de magia realizarlo. Yo me comportaba como mis primas, con mucha seguridad y amabilidad, pero sobre todo con alegría. Aquellas lecciones las aprendí a la perfección de mis primas, todas muy importantes, ya que van de la mano con la presencia que tiene que ser impecable para nuestro cliente.

Las personas que llegaban a realizarse algún arreglo en su cabello solo pagaban material. Yo era muy solicitada, siempre se dirigían a mí porque les gustaba mi trabajo sobre su cabello, la mayoría del tiempo yo me mantenía ocupada y feliz.

No todo es color de rosa y siempre existe una o más compañeras a las que tu brillo y tu esencia les molesta, más yo me hacía la disimulada e ignoraba sus risas y comentarios feos de burla para mí, hacia mi persona y todo eso me impulsó siempre a continuar y a aprender más.

Ellas traían sus tijeras, capas, peines y broches hermosos de calidad y de la mejor marca pues se los mandaban de Estados Unidos y lo mío era de menos calidad, lo más barato, sin embargo las clientas llegaban y pedían sus tintes o cortes conmigo porque no era la marca de las tijeras sino mis manos mágicas y el amor al realizarlo lo que les gustaba.

Que maravilla poder compartir lo que tanto amamos con alguien

Un día, la trabajadora social nos preguntó a las que estábamos a punto de graduarnos, si nos gustaría dar clases de verano en pueblitos alejados de la ciudad y yo levanté mi mano emocionada y dije: —Yo quiero—. Y me anoté. Los impartiríamos en las escuelas aprovechando que los niños estaban de vacaciones, me tocó como compañera María, una jovencita también soñadora igual que yo. Emocionadas llegamos listas para enseñar lo que aprendimos, el camión nos dejó a cuarenta minutos de distancia y caminamos por las calles llenas de tierra, felices e inquietas por conocer a nuestras alumnas.

Antes de llegar platiqué con ella, yo fui honesta y le dije mi inquietud, le dije: —No quiero enseñar teoría por favor vamos a enseñar primero peinados prácticos y trenzas y luego cortes, pues tenemos poco tiempo—. Ella estuvo de acuerdo conmigo y fue bonito como nos acoplamos.

Nos esperaban nueve señoras y algunas llevaban a sus hijos, lo que ayudó mucho, pues fueron nuestros modelos para practicar. Recuerdo sus miradas y hoy que comprendo la vida, agradezco que mi amiga y yo hayamos llevado esperanza, y hayamos podido contribuir en algo a convertir su sueño de aprender un oficio y poder apoyar económicamente a sus familias.

Las enseñé a hacer un corte de cabello o un peinado y vi su cara de satisfacción cuando me preguntaban: —¿maestra está bien así?—. Y recuerdo con cuánto amor yo les explicaba.

Que bello es dejar huellas marcadas en esta vida. Siempre debemos ser bendición y no ser lección. Hoy recuerdo con cariño y nostalgia lo que realizamos siendo realmente muy jovencitas, pues María tenía 17 años y yo 15. El tiempo pasó muy rápido, tal como suele suceder cuando se ama lo que se hace y llegó el momento del último día del curso. Nos organizaron una comida y una bonita despedida de agradecimiento. En ese tiempo no existían celulares para las fotos, solo las cámaras de rollo de 24 fotos que uno revelaba en la Kodak.

No hubo fotos, esos entrañables recuerdos solo están en mi memoria, pero en este momento tengo el privilegio de plasmar lo vivido en estas páginas y eso genera tanto regocijo en mi corazón y en mi alma que me embarga una inmensa emoción al compartirles que gracias a bellas enseñanzas como estas hoy soy la mujer que siempre soñé ser.

CAP. 4

NO ES FÁCIL PERO DIFÍCIL TAMPOCO

La vida es una sucesión de lecciones que uno debe vivir
para entender».
—Ralph Waldo Emerson

Tenemos que prepararnos para buscar mejores oportunidades

Me sentí fuerte realizando cortes y aplicando tintes pero no me sentía con seguridad de trabajar en un salón pues sabía que me faltaba más por aprender y tomé la decisión de inscribirme en una academia de belleza que se abrió en Ruiz Cortines. Entré a trabajar en una empacadora de tomate por las mañanas, y por la tarde empecé con mis clases de estilista. Mi hermana mayor Irma, que siempre fue muy linda conmigo, me apoyó en mi decisión de estudiar y también me dio permiso de tener novio y aceptó que él me visitara los domingos.

Iniciaron las clases y todas estábamos emocionadas, alegres y felices. El maestro Jesús tenía su salón para practicar en la parte del frente y atrás era solamente un área para estudiar. Empezó con la teoría como todos. A mí me gustaba sentarme enfrente donde me quedaba la silla de trabajo para estar observándolo con detalle, aunque él a mí me ignoraba por completo.

La mayoría de los exámenes consistieron en realizar a detalle cortes, tintes y peinados que yo hacía muy bien. Me dí cuenta de que eso a mí profesor le molestaba y me daba la espalda haciéndome preguntas teóricas y cuando fallaba, se burlaba y dos o tres compañeras lo secundaban.

Las compañeras que me apreciaban solo bajaban su mirada.

En pleno proceso de aprendizaje

La actitud negativa que menciono, creo, que en parte fue generada por mí, por ser tan comunicativa, pues llegué platicando de mi vida. Dije que yo ya sabía cortar cabello y hablé de lo avanzada que estaba en la carrera y a muchas personas no les gusta que uno sepa más que ellas.

Hoy comprendo que yo misma fomenté esa discordia y alimenté el ego y la envidia de todos ellos. Siempre uno tiene que lidiar con compañeros así, pues existirán colaboradores cuya actitud no será positiva.

En el transcurrir de mi vida, hay de todo un poco, más yo estoy agradecida con ese maestro, por su bella enseñanza y aportación realizada con cada alumna, lo demás, es lo de menos.

Por fin pasamos al segundo nivel que fue practicar cortes de cabello. Eso a mí me emocionaba porque nos llevaban a las escuelas a cortar el cabello a los niños.

Fueron momentos en los que tuve que soportar el trato poco amable que me dieron, poniendo a prueba mi humildad y nobleza, saliendo victoriosa de ese incidente, a pesar de que siempre estaban al pendiente de mí, de mi trabajo y como lo realizaba, yo puse siempre toda mi creatividad por delante y dar lo mejor de mí para hacerlo bien.

Hoy comprendo que experiencias como esa, me ayudaron a ser quien soy, alguien muy exigente consigo misma para realizar un corte y pulirlo cuidando cada detalle. Cada situación por la que pasamos en la vida es aprendizaje para ser mejores personas.

Poco tiempo después, recibí la noticia de que un seminario se realizaría en Los Mochis, una bella ciudad que queda a una hora de Ruiz Cortines. Emocionada me inscribí para asistir al curso que sería de un día y a donde vendrían estilistas a realizar lo más actual en cortes y peinados.

Era una hermosa oportunidad, yo pagué mi boleto de entrada y se dio la hora y lugar donde nos encontraríamos. Llegué al punto y a la hora acordados pero lamentablemente, ya se habían ido. Me quedé triste y a la vez tranquila porque tenía miedo de cómo me tratarían.

Yo presentí en mi corazón que un día no muy lejano, estaría en un gran evento con grandes estilistas así que comencé a trabajar y dar forma a este nuevo sueño cuya meta era aprender y ser mejor en la práctica de color, permanente o corte realizado.

¡Por fin me gradué!

Y casi sin sentir, llegó el día más anhelado en esa etapa de mi vida, el día de mi graduación. Lucí un hermoso vestido blanco y estuve en la primera fila con mis compañeras en la misa de graduación. Estuvieron conmigo, mi mamá y mi hermana Irma, mi madrina y mi prima Flora, mi hermano Jorge q.e.p.d, mi prima Migdalia, mi primo Renato y mi novio Felipe, muy guapo, ¡con un gran ramo de flores!¡ Me sentí tan especial!

De la Iglesia nos fuimos directo al salón del baile y cuando pasé al frente por mi diploma yo recuerdo que dijeron el nombre de la modelo que yo había maquillado y peinado e inmediatamente después mencionaron mi nombre. Mis piernitas temblaron, sentí que caminaba entre las nubes. Que bonito es recordar y aprender de lo que uno vive en este bello viaje llamado vida.

CAP. 5

ADIOS A MI ANHELO

«Una buena chica conoce sus límites, una mujer inteligente
sabe que no tiene ninguno».
—Marylin Monroe

¡Con Norma por favor!

Muy emocionada y mejor preparada, empecé a trabajar en un bello salón en Guasave. Era maravilloso realizar con éxito cada corte o peinado y más cuando las clientas regresaban y decían: —¡con Norma por favor!—. Eso me daba seguridad y me hacía sentir orgullosa de mí misma al confirmar que no había sido en vano el haber pasado por tanto.

A lo largo de mis estudios, sentí que había valido la pena todo pues estaba cosechando lo sembrado.

Me hice de clientela muy rápido. En ocasiones mi novio iba por mí pues salía tarde. Era mi vecino y vivía a un lado de mi casa. Cuando él me pedía que le cortara su cabello, yo le pedía permiso a mi mamá y cuando ella me lo daba, yo sacaba una silla y mis herramientas de trabajo y le decía: —Ven—. Me tardaba dos horas cortándole el cabello pues se pasaba el tiempo muy rápido a su lado y me esmeraba en que le quedara perfecto.

En ese tiempo, mi novio se graduó de telegrafista y empezó a trabajar fuera de Sinaloa cubriendo interinatos. Su trabajo era como jefe de estación telegrafista del ferrocarril. Nos comunicábamos por cartas. Cuando yo descansaba, iba a la estación del ferrocarril de mi pueblo y pedía al jefe de la misma, que me comunicara con él pues estaba trabajando en la estación de Guadalajara. Ellos ya me conocían, me daba pena ir, pero era el único medio para que yo escuchara la voz de mi amado.

Poco tiempo después, me pidió matrimonio; yo dije: —¡Sí!—. Enamorada y feliz.

En ese tiempo yo me sentía realizada y grande a mis 17 años. Cuando él regresó de Guadalajara, habló con mis padres y pidió mi mano un domingo 5 de junio, pero mi mamá le dijo que no. Ella quería que yo tuviera más experiencia de la vida pero yo no lo entendí así en ese momento y me sentí muy mal. Tenía juicios y resentimientos habitando en mí, lloré mucho por no tener el consentimiento de ellos.

Tomando el tren de un viaje llamado vida

Mi novio siguió insistiendo aunque no demasiado porque yo dije sí y emprendí el camino a su lado hacia una nueva etapa de mi vida.

Esa decisión duró 21 años y dejó en mí una historia increíble, que hoy que vivo mi vida a conciencia, agradezco en todo lo que vale.

Él es el padre de mis tres amados hijos, vivimos en muchas estaciones del ferrocarril e hice bonitas amistades en todas y cada una de ellas.

Siempre que llegamos a una nueva estación, comentaba: —Soy estilista—. Y pedían que les cortara el cabello a lo que yo de inmediato decía: —Sí—.

Mi esposo solo me dejaba cortar el cabello a mujeres y

a niños y me decía que le parecía extraño que los cortes de cabello que yo le realizaba cuando era su novia, eran de dos horas y ya que nos casamos solo eran de 15 minutos. Yo le contestaba: —Dime si lo hago mal—. Entonces se reía diciendo que no.

Yo le comenté que quería seguir estudiando, especializarme en peinados o en colorimetría, él me pidió que me informara al respecto y me dijo que me apoyaría en todo y yo me sentí dichosa.

En aquellos años mi hijo mayor, Jonathan tenía 6 años y David 4, cuando me inscribí en una academia en Culiacán. Mi esposo se quedaba con los niños en su trabajo mientras yo iba a estudiar.

En ese tiempo vivíamos en la estación de Caimanero, que queda a 45 minutos de Culiacán. A tan solo un mes de estar en la academia, me hice popular en peinados y cortes.

Dejando lindas huellas

La estación quedaba lejos del pueblo y a pesar de eso, las personas iban conmigo para que las atendiera. Siempre tenía muchas clientas haciendo mis tardes muy bonitas, pero entonces, a él lo cambiaron a la estación Dimas y yo tuve que dejar la academia y mis hijos, su escuela. Todas mis clientas estaban cabizbajas porque nos habíamos acoplado unas a otras muy bien y nuestras vidas transcurrían alegremente.

Aquella despedida fue muy triste porque dejé casa, estación, vecinos, amigos, mi escuela, mis clientas. Él me veía llorar al empacar y me decía: —No llores gorda, te voy a traer de vacaciones, vamos a regresar—.

Al subir al tren, muchas personas conocidas salieron de sus casas y nos dijeron adiós con sus manos.

Cuando momentos lindos como este, vienen a mi memoria, siento un nudo en mi garganta.

La vida no es como la pintan, es como uno la colorea y hoy escribiendo y recordando lo vivido, me doy cuenta de que utilicé bellos colores.

CAP. 6

INOLVIDABLE

«El optimismo es la fe que conduce al éxito. Nada puede hacerse sin esperanza y confianza».
—Helen Keller

Cambiando columpios y jardín por silbatos

La casa de estación Dimas era hermosa y con estructura antigua, lamentablemente ya no existe, porque se incendió. Los recuerdos de aquellos días vienen a mi mente y me alegran el alma. Es tan hermoso y placentero recordar lo bonito y lo vivido y un privilegio inmenso plasmarlo en este hermoso libro que usted se está dando la oportunidad de leer.

Ser estilista y ejercer esta profesión me ha traído grandiosas bendiciones, acercando almas amorosas a mi vida y bellas amistades que hasta el día de hoy conservo y con las cuales sigo en contacto.

Aquella casa era de dos niveles, el primer nivel era la oficina del jefe de estación y el segundo era mi hogar. A mí me gustaba mucho porque no era peligroso para mis pequeños hijos y tenía más control.

Los trenes todo el día pasaban, algunos llegaban a firmar alguna orden del jefe de estación para un cambio de vías, de otro tren del sur a otro tren del norte. En las mañanas era un honor poder ver a tanta gente viajar, así como observar a otras en espera de sus familiares.

Las vendedoras ambulantes ofrecían comida y artesanías. Cuando llegaba el tren con pasajeros del sur, se escuchaban los tres silbatos, el jefe de estación, bajaba una bandera de color rojo, esa era la señal de que tenían que pararse. La gente corría apresurada con sus maletas, me tocaba ver y escuchar gritos, risas y llantos. Eran mágicas las mañanas porque después de esa hora, se quedaba completamente sola la estación.

En ocasiones dos o tres personas permanecían a la espera de otro tren regularmente de carga, que hiciera parada en la estación. A esas personas les llamábamos trampitas porque no tenían ni documentos, ni dinero y tampoco tenían hogar.

Entre trampitas, artesanías, maletas, comida y carreras

Si corrían con suerte y se detenía algún tren, se ponían felices pues así es como viajaban ellos. Cuando caía la noche empezaba a llegar más gente. Unos iban a viajar, otros esperaban a sus familiares.

Eran tantas pláticas las que se escuchaban y tantas risas de personas que me resultaban fascinantes.

¡Era una vida maravillosa! No había preocupaciones ni problemas. Lo único constante era la puntualidad de los pasajeros, porque el tren muchas veces no era puntual y tenían que estar esperando horas y horas para que el tren no los dejara, preguntando constantemente y a cada rato en la ventanilla al jefe de estación: —¿Cuánto tiempo falta para que llegue el tren?—. El único tren de pasajeros que no se paraba en la estación era el tren bala, así se le llamaba, ese solo se paraba en estaciones grandes. Salía de Guadalajara y paraba en Tepic Nayarit, luego Mazatlán y Culiacán después en Guamúchil.

Cuando yo viajaba a Guadalajara, las banderas quedaban en rojo porque el jefe de estación daba la señal de parada porque su esposa y sus hijos viajarían. Era admirable ver ese tren pararse en la estación de Dimas porque era hermoso y limpio; el maquinista elegantemente vestido con su traje y toda la tripulación con sus uniformes ataviados impecablemente.

El tren pasajero que también le llamaban burro se paraba en todas las estaciones de cada pueblito, el maquinista con su bonita gorra y uniforme al igual que la tripulación, pero ellos si andaban llenos de humo y despedían un aroma a fierro al igual que los que viajábamos en el tren.

Mis hijos y yo nos adaptamos rápidamente a nuestro nuevo hogar porque ya estábamos habituados a esa vida y a vivir en diferentes lugares, diferentes estaciones del ferrocarril, a viajar tanto en el tren burro como en el tren bala o en un tren de carga, en la máquina o en el cabus, que es el último furgón del tren.

Mis pequeños empezaron a asistir a su escuela y a hacer nuevos amigos. Siempre los traía con diferentes cortes de cabello, siempre peinados y bien vestidos. Sus cortes de cabello no eran conocidos porque yo los inventaba, ellos eran mis modelos.

Las mamás de los compañeros de mis hijos empezaron a preguntar al respecto y yo les respondía que yo era su estilista, así surgió la magia también en la estación de Dimas, como en tantas otras.

Siempre rodeada de ángeles

Felipe, (mi marido) me acondicionó un cuarto y por las tardes empecé a realizar cortes de cabello. Mi pequeña hermana Mayra me visitaba frecuentemente y también era mi modelo de colores de cabello y cortes. Las tardes empezaron a llenarse de anécdotas interesantes cuando llegaron conmigo mis amigas. Yallita, una niña cariñosa y amorosa, mi Perla Patricia, una muchachita llena de luz y amor, Analiesse Abitia, tan soñadora, dueña de plática y sonrisa única, Lina Barraza siempre inteligente, hermosa y muy noble, Julia López, admirable, Sonia Guadalupe Alvarado Ayala con su esencia transparente, tranquila y hermosa. Para mí es un privilegio, un honor y un placer el haber coincidido con ellas y haber sido parte de esta bella comunidad de estación Dimas.

Yallita q.e.p.d. fue la estrella que alumbró mis días, gracias a su nobleza y amor a mis hijos y a mí.

En estación Dimas se decían voy a ir a cortarme el cabello a la estación o se preguntaban: —¿Dónde te cortaste el cabello?—. —En la estación—. Se contestaban y uno de ellos eras tú mi bello ángel Jesús Mario Osuna

Salazar q.e.p.d. mi clientecito fiel. En honor a su vida plasmo la foto de mi niño bello en estas páginas.

Tuve muchos salones, uno por cada estación del ferrocarril en la que trabajó el padre de mis hijos pero éste fue el último y el de memorias inolvidables.

«La vida es una aventura que tenemos el privilegio de disfrutar».

—Anónimo

CAP. 7

SOY MAGIA

«Aprendí que no se puede dar marcha atrás, que la esencia de la vida es ir hacia delante. En realidad, la vida es una calle de sentido único».
—Agatha Christie

¿Cambiando de giro o confirmando lo que me encanta hacer?

La vida es un cambio constante, un aprendizaje cada día y como todo tiene un tiempo, llegó el nuestro de emigrar de estación Dimas pero ya no a otra estación si no a nuestro hogar, ya que tomamos la decisión en conjunto de comprar casa en Tepic Nayarit.

Con tristeza y agradecimiento nos despedimos de tan maravillosa comunidad. Inolvidables personas y emprendimos un nuevo cambio en nuestras vidas, en mi vientre mi pequeño Alonsito, Jonathan y David, todos felices por llegar a conocer nuestro nuevo hogar.

Los primeros días extrañaba la locomotora, su silbido y el fuerte ruido de los trenes. Ahora solo era escuchar risas y gritos de niños jugando en los patios de nuestra casa. Mis hijos pronto se relacionaron con amigos, pues ellos son tan amigables como yo y no pasan desapercibidos por sus cortes de cabello y los vecinos preguntan y la magia surgía de nuevo en mi cochera muy amplia. Felipe me acondicionó un pequeño salón en el que solo en ocasiones cortaba cabello, ya que me sentía como como en los otros lugares y poco a poco se fueron alejando en mí esas ganas de hacer cortes espectaculares. Tenía ya a mi bebé y no podía dedicarle mucho tiempo más a esa actividad así que dejé de perseguir ese bonito sueño.

Cuando el ferrocarril del pacífico cambió a ser ferrocarril nacional, fueron liquidadas muchas personas, entre ellos el padre de mis hijos. Los primeros dos años no sentí ese cambio tan fuerte porque seguíamos con el mismo ritmo de vida, se podía pagar el colegio de mis hijos y vivir cómodamente. Poco tiempo después me inscribí en la compañía Omnilife de ventas de productos naturales para la salud donde estuve al cien por ciento. En ella realizaba eventos y vendía productos e inscribía a muchas personas, me gané bonos grandes cuando califiqué como acreedora a un viaje a Guadalajara, conferencias y eventos grandes.

Conocer cómo se elabora el producto y la materia prima y estar en todo lo relacionado a esta empresa era magia para mí y todo eso me apasionaba pues me gustaba platicar con mucha gente.

Nos invitaron un domingo a un templo durante una hermosa mañana y fui, dejando poco a poco Omnilife y me dediqué junto con mis hijos y esposo a la congregación cristiana.

Nuestro amado pastor Ismael montes q.e.p.d. un grandioso siervo de Dios junto con su amada esposa mi pastora maestra Teresa. Seres inolvidables en mi vida y grandioso trabajo el que realizaron en nuestras vidas. Bonita enseñanza plasmaron en las memorias de mis pequeñitos.

Atravesamos por un contratiempo y mis chiquitos ya no siguieron en el colegio. Los inscribí en una escuela de gobierno. Eso me afectó mucho a mí y pensando en el bienestar de ellos le pedí al papá de mis hijos irnos a Mexicali Baja California pero él amaba su Iglesia y a Tepic Nayarit y no quería un cambio de vida, pero yo sí y tomé la decisión, pero para que se llevara a cabo pasaron dos años y un día le dije me voy de vacaciones con mis hijos a Mexicali a visitar a tus hermanas, él accedió y mis pastores también dijeron que sí. Solo yo sabía que no regresaría.

A Claudia y Nara les agradezco por recibirme y haber sido un apoyo en mi vida durante ese tiempo. Recuerdo que me llevaron a pedir trabajo a la cachanilla, que es una plaza grande en Mexicali y en la cual hay un pasillo de salones de belleza. Ahí estaban muchos estilistas, hermosos, impecables, con uniforme y con una sonrisa de lo más linda en su cara. Al contemplar todo aquello me sentí soñada y supe que ese era mi lugar y mi mundo. Me preguntó mi cuñada: —¿En cuál quieres pedir trabajo?— y le dije: —Ese me gusta, el de Jenny—. Eran 4 salones con ese nombre y la dueña, Evelia una mujer con una presencia regia y a la vez noble, muy guapa y elegante. Recuerdo con alegría que bonito habló Nara de mí, recomendándome. Me sentí tan grande y poderosa que me dije: —Si puedo y si lo soy. ¡Yo soy excelente estilista!—.

Qué importante es creer en uno mismo. Fue una sacudida fuerte una enseñanza porque yo no creía en mí ni en mi potencial y ella me admiraba y tenía la fe en mí que a mí me faltaba y hasta este momento, eso lo guardo en mi corazón y lo guardaré por siempre con agradecimiento. Fue hermoso como poco a poco, me fui empapando con todo lo de la belleza, pronto agarramos nuestro lugar para vivir solos y tomé cursos de pestañas luego de extensiones de cabello y otro curso más intenso de pigmentación y tatuajes de cejas, ojos, labios, neutralización de colores y fijación de diseños.

Convencí a Felipe de que nos alcanzara y se vino con nosotros. Mis cheques aumentaron al triple y nos comprometimos con una casa. Fue un paso gigante. En mi cumpleaños una de mis clientas me sorprendió con un regalo, cuando lo abrí me sorprendí aún más. Era un libro que se llama *El águila que quería ser águila*, me miró fijamente y me preguntó: —¿Te gusta leer—'. Yo dije: —Sí, pero no tengo el hábito de la lectura y solo he leído un libro cuando estaba de líder de ventas en omnilife, el de OG Mandino *El vendedor más grande del mundo* y mi segundo libro fue *la Biblia*—. —Empieza con 15 minutos diarios y cuando menos pienses tendrás amor y pasión por la lectura—. Yo le prometí que lo haría y le agradecí el consejo, ella me comentó todo lo que le había ayudado ese hábito y me regaló ese bello libro con mucho cariño.

Una estilista sabe mucho porque escucha todas las pláticas de sus clientes y ellos nos conocen un poco más a través de ellas también.

Nuestro segundo sueño hecho realidad fue que después de tramitar la visa para Estados Unidos nos la dieran porque fue una bendición para nuestras vidas.

Y como muchos de nosotros después de ir y venir por 3 a 6 meses de visita, me quedé y aquí estoy desde hace 16 años.

Leer el libro *El águila que quería ser águila*, me dejó una gran enseñanza, yo era como él, estaba en un círculo muy confortable, mis clientes eran seguros, pero me metí a la historia plasmada en su narrativa y emprendí el vuelo hacia lo desconocido.

Mi primer corte de cabello en este país se lo hice a mi grandioso y amado amigo Abel Flores, a quien agradezco por continuar en mi vida y ser luz y bendición en ella, por ser y estar.

He formado una hermosa lista de clientes fieles a mi vida que a pesar de que quedé completamente sorda, jamás me dejaron. Y afortunadamente, cada día cuento con más y más seres maravillosos en mi vida.

Gabriela Orozco es mi compañera de trabajo desde hace más de 10 años. Ella es un ser humano que llegó a mi vida para quedarse, estar en mi corazón y no pagar renta y yo aprendo mucho de ella. Es una mujer con una energía y amor a la familia que estoy feliz y agradecida de que me acompañe en la coautoría de este bello texto. Gracias mi Gaby por ser una mujer admirable.

Había perdido un oído, pero dentro de mi ser sentía que venía un cambio importante en mi vida, entonces, me dieron información de unos cursos intensivos de colorimetría en Las Vegas, de mechas y mechas y tomando siempre decisiones de realizar todo lo que me hace feliz me incorporé a ellos.

Me comuniqué y me contestó una bonita voz, que me atendió amigable y educada y me explicó cada paso y proceso de lo que sería mi taller de colorimetría. Yo deseaba que llegara el bendito día para conocerla. Todo llega y así fue, finalmente conocí en ese bello espacio a Paulina Ceccopieri, que con su mirada transparente que deja ver su alma única y noble y con una extraordinaria sencillez y belleza, resultó tal como yo la imaginé. Gracias por ser mi cómplice y plasmar este bello legado en equipo conmigo Paulina, por ser un alma genuina y despierta en esta vida.

Hace un poco más de seis años, atendí y realicé color y corte de cabello a Liliana, su plática tan amena y constructiva (una virtud única) creó de inmediato una bonita conexión, como si en otra vida ya hubiéramos estado en familia. A ella, la admiro, respeto y valoro, por eso la menciono en estas páginas.

La vida me ha dado un hermoso regalo al tener mágicas mujeres en mi caminar por su senda.

Estoy feliz y agradecida de que ellas estén aquí plasmando junto conmigo una hermosa historia porque sé que dejaremos una enseñanza inolvidable que dejará huella en quien nos lea.

De pronto inmersa en el silencio

En el 2019 quedé completamente sorda. Fue algo que me tomó por sorpresa porque yo nunca he sufrido infecciones ni dolor de oído, fue muy rápido el perder la audición. Solo en mis estudios salió mi cerebro inflamado. Me daban esteroides para desinflamar y poder oír un poco; por medio de aparatos.

Me retiraron los esteroides y 14 días después se fue totalmente el sonido un 4 de julio de 2019.

Fue un despertar en otra dimensión, en otro mundo. No podía escuchar mi voz, ni la voz de mi hijo. Era un reto enfrentarme a él sin que me viera llorar. No escuchar el sonido del teléfono y no poder tomar una llamada, me provocaba una tremenda impotencia y desesperación. Entrar a las tiendas y solo ver las caras de las personas hablando pero sin sonido alguno, fue muy cruel, estar en mi trabajo y ver a todos sonriendo, otros serios, otros con cara de tristeza, otros con un bonito brillo, me hacía sentir como un fantasma.

Los doctores no me daban respuestas y yo comencé a buscarlas en libros para tratar de entender lo que me había pasado. Empezaron citas, estudios y más estudios y no encontraron nada y los zumbidos y fuertes ruidos se agudizaron. Mi equilibrio no era bueno y caminaba agarrada y la energía en mí duraba horas y por la tarde no podía caminar. Si estaba sola tenía que arrastrarme literalmente al baño, a la cocina o del carro a mi casa. Realizar mi trabajo no fue impedimento, al contrario, fue de bendición a mi vida y encontrar sentido a ello, mis clientes me buscaban y me describían los trabajos o cortes o me enseñaban foto sobre el color de cabello que querían. Lo realizaba lento pero feliz, siempre sonriendo y con templanza en mi cara. Me admiran pero en realidad, de ellos provenía mi fuerza para lograr superar esto y encontrar sentido a la vida; lo único que extrañaban era mi plática porque por prudencia yo no hablaba porque no tenía control de mi voz y gritaba. Algunos me hacían señas y aprendí a leer los labios. Y fue trascendental aprender a leerlos, entonces comencé a escuchar las voces de mis clientes en mi corazón.

De las lecciones de mi vida, quizá la más dolorosa

Mi esposo hacía un año que se había regresado a vivir con sus padres a Durango Colorado y abrió su propia compañía. Yo tenía pocos meses de haber quedado sorda cuando se me dio la noticia y me enteré por medio de familiares de que mi esposo tenía otra pareja viviendo en nuestro hogar. Inmigración me dió salida voluntaria porque mi matrimonio para ellos no era válido. En ese momento me derrumbé llena de dolor y llanto y descubrí una fuerza y poder que yo no sabía que poseía. Comencé a conocerme, encontrarme y pararme de manera responsable frente a lo que estaba viviendo.

Sé que también fue culpa mía que mi matrimonio se derrumbara porque cuando un reino se divide no permanece y sé que también perder mi audición es mi culpa porque yo no soltaba el pasado. Yo siempre lo traía a mi presente. Me propuse oír de nuevo, no sabía cómo lo lograría pero yo quería volver a oír.

Durante mis siguientes citas a mi doctor le hice muchas preguntas y él solo me miraba con nostalgia y empatía y me decía que la única solución era un implante coclear pero las organizaciones en aquel momento no lo donaban. El precio del implante era muy alto y ante eso yo comenté: —¿Y si tomo un seguro?—. —Una aseguranza, sería buena solución porque el deducible no sería tan alto—. Me dijo, y tomé esa alternativa, pero al mes de tener ese nuevo pago alto de mi seguro, llegó la cuarentena del Covid-19 y los salones se cerraron. Aunque a mí eso no me detuvo, envié mensajes a todos mis clientes diciéndoles: puedo cortar tu cabello en la puerta de tu casa o la cochera. Y tan gentiles todos decían sí y ningún día dejé de trabajar. Sin importarme tener que manejar hasta 2 o 3 horas. Fue hermoso como mi trabajo y la disposición de mi gente me apoyó. Así logré cubrir los fuertes pagos a mi aseguradora y un día después de acción de gracias, un viernes negro, fue mi cirugía y el 23 de diciembre 2021 se activó mi implante coclear ese día yo cumplía 50 años y mi mejor regalo fue escuchar mi hermosa voz.

La vida me dio una segunda oportunidad de oír, yo soy magia y habito en dos mundos, el del oyente y mi mundo del silencio y cada día agradezco por ese regalo cósmico, escuchando mi voz en la oración o con mi canción el alfarero.

¿Saben? Tengo mucho que platicarles pero mi espacio aquí se termina, continuaré en *Resilientes* 2, quizás no existan los finales felices pero les aseguro que vale la pena luchar por tener una bonita historia.

EPÍLOGO

Detrás de un buen corte de cabello hay años de trabajo duro, dedicación paciencia y un gran estilista.

Gracias, gracias, gracias de todo corazón por tomar la iniciativa de adquirir este libro y leer las historias de amor y aprendizaje de vida, de tres mujeres en otro nivel, ya despiertas. Llenas de magia y sabiduría.

Quizás usted también pasó por algunas decepciones e injusticias al empezar un sueño, una meta, un propósito, pero cuando se atraviesan todas las adversidades, se comprende que no importa nada de eso porque es mucho más importante el lugar a donde vamos que el lugar de donde venimos.

ACERCA DE NORMA ALICIA GALLEGOS

Norma Alicia Navarrete Pacheco, nació el 23 de diciembre de 1970 en Ruiz Cortines, población al norte de Sinaloa, México.

Tiene nueve hermanos: Irma Leticia, Aydee Patricia, Jorge Abel, Juan Manuel, Mayra Janeth Navarrete Pacheco, Artemio, Gerardo, Eduardo y Dustin Puga Pacheco.

Su niñez y parte de su adolescencia vivió en Estación Naranjo, un pueblo que se encuentra a 27 km al noroeste de la ciudad de Guasave y 84 km al suroeste de los Mochis, Sinaloa, México, demarcación con más de 7,000 habitantes. Gente trabajadora, amorosa y noble de corazón.

Descubrió desde los siete años que es poseedora de una magia que la hace especial y se hizo experta en hacer trenzas siendo su primer modelo su nana Chente como cariñosamente llama a su abuela Vicenta Rodríguez.

Cursando la secundaria, decidió interrumpir sus estudios y comenzó la carrera de estilista tomando cursos en el DIF de Guasave, Sinaloa.

Se inscribió en una academia de belleza en Ruiz Cortines para estudiar de manera profesional la carrera de estilista, al mismo tiempo que tuvo su primer trabajo formal en una empacadora de tomate, realizando éste por la mañana y por la tarde siguió instruyéndose en la academia de estilismo reafirmando cada vez más lo importante que es su preparación.

Su primer trabajo como estilista fue en un salón en Guasave.

Es madre de tres hijos: Jonathan Felipe, Erick David y Víctor Alonso López Navarrete y abuela de dos nietos y cuatro nietas: Jonathan Jasifh, Samuel Mateo, Nathaly Raquel, Isabella Daleth, Abigail y Shannon López.

Actualmente radica en Denver Colorado, Estados Unidos. Está divorciada, continúa con su profesión de Estilista y Cosmetóloga y se esfuerza por ser mejor cada día.

La frase célebre que mejor la describe es:

«La vida no es fácil para ninguno de nosotros. ¿Y qué más da? Debemos tener perseverancia y sobre todo confianza en nosotros mismos. Debemos creer que se nos ha bendecido con algo y que ese algo debemos aprovecharlo».

—Marie Curie

Si usted se interesa en vivir la poderosa experiencia de ser tocado por sus manos únicas puede contactarla al:

Número: (720)-629-0787

e-mail: norma.gallegos7@hotmail.com

DEDICATORIA

A usted que con sus manos mágicas y hermosas sostiene este libro, le dedico este sueño hecho realidad para que nutra su alma, su mente y sus ojos se llenen de luz y sabiduría al leer cada capítulo, ya sea en la paz tan anhelada del silencio o con su bonita voz.

Honro sus oídos, su corazón y su ser en amor y gratitud.

AGRADECIMIENTOS

A Martha Velarde Flores gracias por realizar tu sueño de estilista y ser inspiración y admiración en mi vida.

Irma Leticia Navarrete Pacheco, gracias hermana por todo lo bueno que aportaste a mi vida.

Felipe Santiago López Rodríguez la ayuda y apoyo que recibí de ti, fueron muy importantes al emprender mi bella profesión de estilista. Fuiste una historia bonita que el destino escribió en mi vida, agradezco los 21 años que compartiste conmigo, gracias.

Es un sentimiento enorme de gratitud y amor el que me une a ustedes, mis clientes, por su cariño, confianza y fidelidad hacia mí.

A Zair Ramses Martínez Sánchez, gracias mi niño por tu sonrisa y linda mirada que me dabas al terminar tu corte de cabello.

A Juan Tovar Saenz, un muchacho lleno de amor y orgullo por sus hijos y su siempre bella plática, gracias Juanito.

A Sergio Martin Valencia Trinidad, por el tiempo que me regalabas sonriendo al realizar tu corte de cabello siempre tan educado.

Angélica Valdés, tu alegría y el amor a tu mamá te engrandecían, gracias por las mágicas huellas de amor a la vida que me dejaste.

A quienes ya trascendieron, tuve la bendición de tenerlos en esta vida y hoy son mis ángeles.

ALEJANDRO C. AGUIRRE PUBLISHING/EDITORIAL, CORP.

¿QUIÉNES SOMOS?

Una Editorial Independiente que publica libros, con excelentes contenidos que captan la atención y el interés del lector. Ofrecemos nuevos soportes y materiales, una gran oportunidad para escritores y autores independientes.

Complementando este propósito contamos con nuestra revista neoyorquina bimestral, «Re-Ingeniería Mental Magazine». Dirigida a la comunidad en general de los Estados Unidos y orientada a la difusión de información relevante en temas de interés social. La meta primordial es cumplir con las exigencias del mercado y la satisfacción de nuestros amigos y clientes, con una importante plataforma para promover sus productos o servicios al público.

DECLARACIÓN DE MISIÓN

Contribuir con cada libro y mensaje que nuestros autores transmiten en el desarrollo y la transformación de individuos, grupos y organizaciones. A través de una plataforma enfocada en la autoayuda, la sanación, la productividad y la evolución de todos como humanidad.

Las obras impresas o digitales, los productos en audio y video, las conferencias y seminarios en vivo o vía Internet y la revista «Re-Ingeniería Mental Magazine», son las tres áreas en las que desarrollamos una gran variedad de contenido en los siguientes ámbitos y temas: Superación personal y familiar, motivación, liderazgo, autoayuda, salud física y mental, re-ingeniería mental, nutrición, belleza, inteligencia financiera, ventas, educación, cultura, arte, novela y poesía, entre otros.

Tópicos necesarios y valiosos para la comunidad que empieza a despertar a una nueva conciencia individual y colectiva, que desea informarse, formarse y empoderarse.

A los propietarios de negocios, empresarios y profesionales les brindamos una plataforma novedosa, interesante y productiva, para dar a conocer lo que ofrecen al mercado.

Alejandro C. Aguirre, mexicano residente en los Estados Unidos, fundador y preside en la actualidad de *Alejandro C. Aguirre Publishing/Editorial, Corp.*

«Una persona usualmente se convierte en aquello que cree que es. Si yo sigo diciéndome a mí mismo que no puedo hacer algo, es posible que yo termine siendo incapaz de hacerlo. Por el contrario, si yo tengo la creencia que sí puedo hacerlo, con seguridad yo adquiriré la capacidad de realizarlo, aunque no la haya tenido al principio».

—Mahatma Gandhi (1869-1945)
Abogado, pensador y político hindú

OTROS TÍTULOS EN ESPAÑOL

1. El Camino a la Felicidad y El Éxito (Israel Vargas)
2. Emociones Que Dañan (Alvin Almonte)
3. El Poder de Conocerse A Sí Mismo (Lucio Santos)
4. El Poder de la Fe y la Esperanza (Minerva Melquiades)
5. La Guerrera Soñadora (Mercedes Varela)
6. Rompiendo Barreras Mentales (Miguel Urquiza)
7. Una Vida con Enfoque (Lucio Santos)
8. Cuando Decidí Emprender (Jeanneth C. Rodríguez- Gutiérrez)
9. La Nueva Potencia (Juan F. Ramos)
10. El Camino a la Excelencia (Alejandro C. Aguirre)
11. Diseñados Para Triunfar (Alejandro C. Aguirre)
12. Invencible (Alejandro C. Aguirre)
13. Las Siete Gemas del Liderazgo (Alejandro C. Aguirre)
14. Re-Ingeniería Mental (Alejandro C. Aguirre)
15. El Gran Sueño del Pequeño Alex (Alejandro C. Aguirre)
16. Re-Ingeniería Mental II (Alejandro C. Aguirre)
17. La Verdad del Espiritismo (Alejandro C. Aguirre)
18. Re-Ingeniería Mental en Ventas (Alejandro C. Aguirre)
19. Re-Ingeniería Mental en el Arte de Hablar en Público (Alejandro C. Aguirre)
20. Vitaminas Mentales para Condicionar una Mente Positiva (Alejandro C. Aguirre)
21. El Gran Sueño del Pequeño Alex 2 (Alejandro C. Aguirre)
22. Respirar Bien es Esencial para Vivir (Alejandro C. Aguirre)
23. Amor Propio (Alejandro C. Aguirre)
24. Aprendiendo a Vivir (Lucio Santos & Angélica Santos)
25. Renovación (Alejandro C. Aguirre)
26. Huellas de Dios (Alejandro C. Aguirre)
27. La Fuerza de Voluntad (Alejandro C. Aguirre)
28. Mi Perfecto Yo (Liz Arizbeth Rojas)
29. El Poder de las Decisiones (Iván Saldaña)
30. El Gran Sueño del Pequeño Alex 3 (Alejandro C. Aguirre)
31. El Palacio de Cristal (María A. Medina)
32. Luz de Esperanza (Teresa Tlapa)
33. La Importancia de la Lectura (Alejandro C. Aguirre)
34. Mujer Osada (Tony Xiomara)
35. Josué, El Caracolito Perdido (Blanca Iris Loría)
36. Imparable (Marisol Hernández)
37. La Sagrada Familia de Sofía Joy (Annia Ossandón)
38. Yo Quiero, Yo Puedo y Yo Soy Capaz (Miriam Cortés Goethals)
39. Alma Valiente (Elizabeth Meraz)
40. Re-Ingeniería Mental III (Alejandro C. Aguirre)
41. Re-Ingeniería Mental en el Arte de la Escritura (Alejandro C. Aguirre)
42. Correspondencia del Metro Balderas a Nunca Jamás (María Ángeles)
43. Las Princesas de Naranja (María Ángeles)
44. Entre La Vida y La Muerte (Diana Rodríguez)
45. ¡Auxilio! Estoy Perdiendo El Amor de Mi Vida (Erika Gabriela Rivera)

95. Con Alma de Cantera y Plata (José Cabral)
96. Intenso (José Cabral)
97. Mariposa de Cristal (Tony Xiomara)
98. La Audacia de Una Mujer Valiente (Susy Trujillo)
99. Conquistando Nuevos Horizontes (Edith Plancarte)
100. Aprendiendo a Emprender (Miguel Urquiza)
101. Encontrando un Sentido de Vivir (Joel Barrios)
102. Encontrando un Sentido de Vivir II (Joel Barrios)
103. Entre el Corazón y el Cerebro (Alejandro C. Aguirre)
104. Autotransformación (Loran Sanpriet)
105. Entre Mujeres (Dana Morales)
106. Pensamientos Abstractos en Noches de Desvelo (Dana Morales)
107. La Confusión de Eva (Alejandro C. Aguirre)
108. ¡Hoy Soy Libre! (Alejandro C. Aguirre)
109. Más Allá de los Obstáculos (Minerva Melquiades)
110. La Iniciativa de una Mujer (Norma Vasquez)
111. Cambie su Realidad y Construya su Futuro (Diego Velasquez)
112. El Abrazo de Dios (Leticia González)
113. Corazón Indomable (Minerva Ruvalcaba)
114. Niños Sanos, Adultos Felices (Daylin Katherine)
115. Viviendo con Valores (Lucio Santos)
116. El Renacer de Una Mujer (Susy Trujillo)
117. Crueldad en el Destino (Willmerr Sagy)
118. Mujer Visionaria (Lily Mejía)
119. Ojos Policromáticos (Alejandro C. Aguirre)
120. Cartas a Una Mujer Extraordinaria (Yolanda Marin Boyzo)
121. Desafíos (Guadalupe Miranda)
122. Las Adversidades de la Vida (Rosenda Quintanilla)
123. Soy Una Pelotita (Fátima Tharp)
124. El Milagro de Dios llamado Evelin (Berta & Merced Ocampo)
125. Liberada por su Misericordia y Perdonada por su Amor (Llanet Barrios)
126. La Niña de las Estrellas (Alejandro C. Aguirre)
127. Mi Perrito Chikenu (Lizzie Castro)
128. La Niña de la Montaña (Marisol Hernández)
129. Mujer Resiliente (Fabiana Rosales)
130. Desafíos II (Guadalupe Miranda)
131. El Amor Renace en el Corazón (Rosita P. Núñez)
132. Quimioterapia Espiritual (Llanet Barrios)
133. Corazón de Diamante (Alejandro C. Aguirre)
134. Amor Incondicional (Alejandro C. Aguirre)
135. El Silencio de los Hombres (José Martínez)
136. Dignidad de Mujer (Benita Quintana Lozano)
137. La Realidad del Sueño Americano (George A. Temaj)
138. Revelación, Fe y Razón (Domingo Gómez)
139. Un Corazón Sanador (Cruz Soto)
140. Resilientes (Norma Alicia Gallegos)
141. Impredecibles (Leticia González)
142. Compendio del Par Biomagnético (Ruperto Flores y Rita Barba)
143. GPS Esteticista (Araceli Jaramillo)

144. GPS Esteticista Vol.II (Araceli Jaramillo)
145. Valor Femenino (Francine Vindas Solis)
146. Yo Puedo Tocar La Flauta (Ignacio Alvarez)
147. Re-Ingeniería Mental IV (Alejandro C. Aguirre)
148. Entre Mujeres II (Blanca Iris Loría)
149. Libres al Fin (Nidia Romero)
150. Amor del Alma (Rosalba C. Aguirre)
151. Entre el Corazón y el Cerebro II (Alejandro C. Aguirre)
152. Quince Mujeres con Esencia de Amor Propio (Verónica Gutiérrez)

OTROS TÍTULOS EN INGLÉS

1. Invincible (Alejandro C. Aguirre)
2. Josue, The Lost Little Snail (Blanca Iris Loría)
3. The Orange Princesses (María Ángeles)
4. Of Snow and Christmas (María Ángeles)
5. Learning to Live (Lucio Santos & Angelica Santos)
6. Beauty Inside and Out (Azucena Mancinas)
7. Help! I Am Losing the Love of My Life (Erika Gabriela Rivera)
8. Transcendent Brave Woman (Lorena Mendoza)
9. I Can Do It. Yes, I Can! (Vanessa Galindo)
10. A Magical Awakening (Socorro Martinez)
11. Crystal Butterfly (Tony Xiomara)
12. The Audacity of a Brave Woman (Susy Trujillo)
13. Voices in Silence (Norma Alicia Gallegos)
14. I am a Little Ball (Fátima Tharp)
15. Star Girl (Alejandro C. Aguirre)
16. Change Your Reality & Build Your Future (Diego Velasquez)
17. Touched by God (Leticia Gonzalez)
18. My doggy Chikenu (Lizzie Castro)
19. Conscious Adults, Healthy Children (Daylin Katherine)
20. Evelin: A Miracle of God (Bertha & Merced Ocampo)
21. Unruly Heart (Minerva Ruvalcaba)

RE-INGENIERÍA MENTAL MAGAZINE

1. Re-Ingeniería Mental Magazine: 1ra. Edición: Septiembre-Octubre 2019 (Salud Integral)
2. Re-Ingeniería Mental Magazine: 2da. Edición: Noviembre-Diciembre 2019 (Amor Propio)
3. Re-Ingeniería Mental Magazine: 3ra. Edición: Enero-Febrero 2020 (Renovación)
4. Re-Ingeniería Mental Magazine: 4ta. Edición: Marzo-Abril 2020 (Erudición)
5. Re-Ingeniería Mental Magazine: 5ta. Edición: Mayo-Junio 2020 (Autoeducación)
6. Re-Ingeniería Mental Magazine: 6ta. Edición: Julio-Agosto 2020 (Trascendencia)

7. Re-Ingeniería Mental Magazine: 7ta. Edición: Sep-Oct-Nov-Dic 2020 (Transición Consciente)
8. Re-Ingeniería Mental Magazine: 8va. Edición: Enero-Febrero-Marzo 2021 (Ley de Sincronicidad)
9. Re-Ingeniería Mental Magazine: 9na. Edición: Abril-Mayo-Junio 2021 (Resiliencia)
10. Re-Ingeniería Mental Magazine: 10ma. Edición: Julio-Agosto-Septiembre 2021 (Neurodesarrollo)
11. Re-Ingeniería Mental Magazine: 11va. Edición: Octubre-Noviembre-Diciembre 2021 (Ascensión)
12. Re-Ingeniería Mental Magazine: 12va. Edición: Enero-Febrero-Marzo 2022 (Transdisciplinariedad)
13. Re-Ingeniería Mental Magazine: 13va. Edición: Abril-Mayo-Junio 2022 (Reciprocidad)
14. Re-Ingeniería Mental Magazine 14va. Edición: Julio-Agosto 2022 (Congruencia)

Información y ventas ver «CATÁLOGO OFICIAL» en www.alejandrocaguirre.com.

Las historias de tres estilistas amorosas, trabajadoras e inquebrantables

Gabriela **Orozco Noble**
Norma Alicia Gallegos
Paulina **Ceccopieri**

RESILIENTES

Made in the USA
Columbia, SC
07 May 2022